やってみなきゃ

よろず相談屋繁盛記

野口　卓

集英社文庫

目次

やってみなきゃ
よろず相談屋繁盛記

主な登場人物

信吾　黒船町で将棋会所「駒形」と「よろず相談屋」を営む
甚兵衛　向島の商家・豊島屋のご隠居。「駒形」の家主
巌哲和尚　信吾の名付け親で武術の師匠
常吉　「駒形」の小僧
権六　「マムシ」の異名を持つ岡っ引
正右衛門　信吾の父。浅草東仲町の老舗料理屋「宮戸屋」主人
繁　信吾の母
正吾　信吾の弟
咲江　信吾の祖母

一年長いか短いか

一

「本日は常連のお客さまの多くがお見えですので、皆さまにぜひご相談があります」

将棋会所「駒形《こまがた》」の常連である甚兵衛《じんべえ》が、客たちに笑顔を向けてそう言った。昼の食事を終えた客が会所にもどって、小僧の常吉《つねきち》が出した茶を飲み、勝負の続き、あるいは新たな対局に掛かろうかというころあいである。

「本日はとか、ぜひご相談がとか、えらく改まって一体なにごとですかな、甚兵衛さん」

自他ともに物識《ものし》りだと認めている島造《しまぞう》が、いくらか冷やかし気味に言った。赤い顔をしているのは、蕎麦《そば》でも喰《く》いながら一杯引っ掛けて来たからだろう。

「たまにはみんなで吉原《よしわら》に繰り出そうではありませんか、などというお誘いではないでしょうな」

「まじめな相談ですので、混ぜ返さないでください」

「いや、妙に構えてるしね。今日はガキどもが来ぬ日なので、ちょうどいいと思われたのではないかと」

「吉原だなんて、年寄りをからかうものではありませんよ」と言ってから、甚兵衛は続けた。「年が明けると、席亭の信吾《しんご》さんがこの将棋会所を開いてから、一年になりますので」

「よろず相談屋も、ぶじに丸一年を迎えられそうです。こちらもどうかお忘れなく」

信吾はそう付け足したが、客たちの耳には入らなかったようで、「会所が一年にねえ」「ほう、もうそんなになりますか」「早いものですなあ」などと、ざわざわし始めた。

「そこで、開所一年を祝してと申しますか、景気付けもあって、将棋大会を開いてはどうかと思いまして」

信吾と甚兵衛の雑談から生まれた話であった。

客たちに相談して同意を得たほうがうまくいく、というのが商家のご隠居らしい知恵である。席亭の信吾から話すよりも、常連客代表のような甚兵衛から持ち掛けたほうが、まとまりやすいだろうということになったのだ。

甚兵衛は信吾が借りている「駒形」と「よろず相談屋」の家主で、常連客たちはそのことを承知している。席料を払わなくていい、ただ一人の常連であった。

信吾が「よろず相談屋」の客の一人におもしろい話を聞かせてほしいと頼まれ、犬猿の仲である同業の商家の息子と娘を、策略で夫婦にした話をして間もなくのことである。

あとでわかったことだが、その客は戯作者《げさくしゃ》の寸瑕亭押夢《すんかていおしむ》であった。信吾の語った話をもとに『花江戸後日同舟《はなのおえどのちはのりあい》』の題で本に書いたためにちょっとした騒ぎになるのだが、それはまだ数ヶ月も先のことである。

そのあいだにも「よろず相談屋」と将棋会所「駒形」を巡っては、さまざまな出来事が起こり、物語が生まれていた。

将棋大会の話を聞いて身を乗り出したのは、髪結《かみゆい》の亭主の源八《げんぱち》である。

「そりゃいいや。しかし、いろいろと問題があるなあ」

「例えばどのような」

「組みあわせの決め方ひとつ取っても、そうでしょうが。毎日、みんなが指すのを見てるので、席亭さんはおおよその順位を付けられると思いますよ。しかし、最初に強い相手に当てられたら、こちとら浮かぶ瀬もなしだもの」

「それに関しては、甚兵衛さんとも相談しました」と、信吾が席亭として口を挟んだ。

「進め方には勝ち抜き戦と総当たり戦がありますが、勝ち抜き戦にすると、源八さんのおっしゃったように端《はな》から強い者同士がぶつかることもあります。実力のある人でもまたま体の具合がよくなかったとか、気懸かりなことがあって集中できず、勝負を落とすこともあるでしょう」

「そうそう。夫婦喧嘩《ふうふげんか》をしてイライラしてたとか、女房に逃げられたとか」

「源八さんとこは、それはないでしょ」と言ったのは、小間物屋の隠居平吉《へいきち》である。

「だって、惚《ほ》れちゃったんだもん、ですからね」

平吉は髪結の亭主に拘《こだわ》りがあるようで、なにかあると源八に対して、姉さん女房とか、「惚れちゃったんだもん」を持ち出すのであった。

「たしかに力があっても、初戦で負けたら浮かばれません。総当たり戦にすれば一局くらい落としても、本当に強い人は高い勝率を残せるはずです。最終的に強い人同士の決戦となりますから、見ているほうも熱が入るでしょう」

信吾がそう言うと、五十歳なのに古稀《こき》を思わせるほど老けて見える素七《そしち》が首を傾《かし》げた。

「そうしますと、かなり日数《ひかず》が掛かるのではないですか」

「なにも急ぐ話ではありませんのでね」と、甚兵衛が言った。「師走から始めて正月、つまり一月中に終わればいいと思うのですが」

「大晦日《おおみそか》や元日もやるのかね」

「いえ、暮れの三日と正月の三が日、都合六日間は休みとします」

「それはいいとしても、そんなに日数を掛けてちゃ、ダレてしまいませんか」

せっかちでそそっかしいところもある、楽隠居の三五郎《さんごろう》が口を挟んだ。

「三五郎さんのように、ほぼ毎日おいでの方もいらっしゃれば、一日置きとか二日置き、あるいは何日か続けて来られて、次は五日後とか十日後になるという方もいらっしゃいますから」

「すると席亭さんは常連だけ、つまり今日来てる人に、あと十人か十五人加えたくらいの人数でやろうとのお考えではないのですか」

「第一回ですからね」と答えたのは、信吾ではなく甚兵衛であった。「なるべく大人数のほうが、盛りあがると思いますよ。それについても、皆さまとじっくり相談したいと思っております」

「ともかく、どのようにやるのか」と、島造が言った。「おおまかなところを伺ってからでないと、相談もなにもないでしょう」

「まさに島造さんのおっしゃるとおりです。甚兵衛さんとも、どうすれば皆さんに楽しんでいただけるだろうと、あれこれ話しあったのですが」

そう前置きして信吾は説明した。

将棋会所「駒形」開所一周年記念将棋大会参加者募集と書いて、会所に入ったときに一番目につく壁に貼り出す。同時に、湯屋、床屋、飲み屋など人が集まる所にも貼らせてもらい、なるべく多くの人に声を掛ける。

霜月一杯で締め切るが、申しこみ順に各人に一番から番号を振り当てる。そして師走に入ると、まず一回戦は一番と二番、三番と四番のように対局してもらう。毎日来られない人もいるので、その場合はずらしてゆく。以後も混乱しないように、一番と三番、二番と四番のようになるべく近い数字から順に相手を選ぶようにする。

できれば対局ごとに棋譜を作り、何手で投了したかを記録すればいいのだが、人手がないので、何番と何番が勝負してどちらが勝ったかだけを書き残しておく。

「対局が進むにつれて優勝の可能性がある人が次第に絞られてゆくので、日とともに盛りあがるのではないかと思うのですが」

「子供はどうするの。できれば当たりたくない強いのが、一人いるでしょう」

「源八さんが心配するのもむりはない」と、島造が皮肉った。「勝負はしなくても見えてるものな」

「そんなことはねえけど、気にしてる人がいるだろうと思ったから言ったまででね」

「十五歳以下は、若年組として分けようかと甚兵衛さんとも相談したのですが、おなじ若年組でも始めたばかりの子もいれば、十年近くやってる子もいて、分ける意味があるかどうかという問題になります」

信吾の言葉を甚兵衛が引き取った。

「子供の組なら、おハツさんが優勝するのはだれの目にも明らかでしょう。それに十五人前後、せいぜい二十人ぐらいなので、すぐに順位が決まってしまいます。だから大人子供の垣根なしで行こうと思うのですが」

「子供たちが来るのは、手習所が休みの日だけでしょう。総当たりだとこなせますかな」

「手習所に行かない日は朝早くから来てますので、何番も指せますから、師走と睦月《むつき》でかなりこなせるはずです。もちろん、この件も含めてご相談の上ということになりますが」

「分けることはあるまい」

そう言ったのは、御家人崩れらしいとの噂《うわさ》のある権三郎《ごんざぶろう》であった。無口を通し、挨拶してもうなずくだけということもあって、常連の多くは敬遠していた。その男が発言したので、だれもが驚いた。権三郎はぶっきらぼうに言った。

「将棋で意味を持つのは勝ち負けだけだ。年齢、身分、仕事、男女など一切関係ない。なにかと取り決めをしても意味がなかろう」

「たしかに盤上で意味を持つのは強いか弱いかだけですから、権三郎さんのおっしゃることが正論ですが、いかがでしょうか」

信吾がそう言って見廻《みまわ》したが、特に異論はないようであった。

「それより、ガキは申しこまねえんじゃないかな」と、源八が言った。「本人がやりたくても、大人に交じってとなると、親がやらせねえと思うがね」

「そういうことに関係なく、てまえも垣根とか制限とかは、なしでいいと思います。申しこみがあれば無条件に受け付ける、ということでいいのではないですか」

素七がそう言うとほかの者もうなずいた。

二

「席亭さん、参加料はどうするつもりだね」

「と申されますと、どういうことでしょうか、島造さん」

「この手の大会では、参加料を取るのが普通でしょうが」

「なしでいいと思います。なぜなら『駒形』にお見えの皆さんからは、席料を二十文いただいてますから」

「すると、優勝してもなにも出ないのか」

「賞状は用意しようと思っていますが」

「賞品とか賞金は出ないのだな」

信吾より先に甚兵衛が答えた。

「将棋会所ですから、優勝すればそれだけでとても名誉なことだと思いますがね。第一回から、毎回の優勝者を壁に貼り出してはどうでしょう。場合によっては、準優勝や第三位の人たちも。自分の名前が貼り出されるのですから、励みになると思いますよ」

「だが名誉だけでは張りあいがない。わしが参加料のことを言ったのはだな、集まった金を賞金にするといいと思ったからだ。六百文集まれば、優勝者に三百文、二位に二百文、三位に百文というふうに」

「なるほどいいお考えかもしれませんが、てまえといたしましては席料をいただいているのに、その上参加料を取れば二重取りになりますのでね。それに一人でも多くの方に、楽しんでいただきたいのですよ。参加料を取られるのなら見あわせる、という方もいらっしゃるのではないでしょうか」

「湯屋や床屋でも声を掛けると言ったね」

源八に訊《き》かれたので信吾はうなずいた。

「はい。なるべく多くの人に」

「駒形《ここ》に指しに来たこともない、初めてのやつでも席料だけで参加できるのか」

「そうなりますね。席料で申しますと、優勝すれば半年は席料なし、準優勝は三月《みつき》、三位だとひと月は席料はいただきません、という方法も取れます」

「席料をいただくだけでも、賞品や賞金を渡すことはできますよ」

甚兵衛がそう言って全員を見廻した。金を集めないのに、なぜそんなことができるのだと、だれもが怪訝《けげん》な顔をしている。

「子供相撲大会なんかのときによくやりますが、花の御礼《おんれい》という手があるではないですか」

首を傾げた者もいたが、何人かはわかったらしくうなずいていた。

「ここで言う花とは寄付のことでしてね。相撲大会のときなんぞに貼り出してあるでしょう。花の御礼と書いて、○○さま、一金いくら、とずらりと名前を並べて。会によっては盛りあがったところで中断し、朗々と名前を読みあげることもあります」

「思い付きとしてはおもしろいですが」と、正次郎《しょうじろう》が言った。常連と言えるほどは顔を出さないためか、発言はいくらか控え目である。「子供相撲大会なら家族や親類、それに町内の人が集まりますから、寄付をして自分の名前を貼り出してもらえば活《い》きるでしょう。しかし趣味や道楽でやっている将棋大会に、金を出そうって奇特な人が果たしていますかね」

それはそうだ、という顔が多かった。

「寄付はもともと好意でするもので、名前を出してもらいたくてするのではないでしょう」

甚兵衛がそう言ったが、正次郎は納得できないようであった。

「最初はそうだったかもしれませんが、段々と世知辛くなってきたからね。自分の名前を出してもらえるというので、むりして寄付する人もいる。それに花の御礼と書いて貼り出すと言ったって、浅草寺《せんそうじ》の境内とか、日本橋や両国橋、それに吾妻橋《あづまばし》の畔《ほとり》のような、人出や人通りが多い場所じゃないですからね。人目に触れないとわかれば、出さないのが人情ってもんでしょう。で、どこに貼ろうってんですか」

「入った目のまえの、会所の壁に貼り出します。花の御礼ですから、あちこちに貼る訳にはいきません」

「だったら将棋客しか見ませんよ」

たしかにそうかもしれないが、信吾としてはここで言い負かされる訳にはいかない。

「こうしたらどうでしょう。毎日、勝敗とその日その日の順位を書き出して、この家のまえに貼り出すというのは。花の御礼の横にそれを掲げたら、多くの人の目に留まりますから」

「留まらないね。表通りじゃないから、ほとんどの人は気付きもしませんよ」

島造が正次郎に味方した。だったらと、信吾はべつの案を出した。

「この将棋大会のことを、瓦版に書いてもらおうと思います。参加の申しこみを受け付けていることや、成績の順位を毎日会所のまえに貼り出すこと。その横に寄付していただいた方のお名前も、おなじように貼り出すことを」

「瓦版に書いてもらうって、知りあいがいるのかい」

島造が疑わしそうに言った。

「おります」

並木町《なみきちょう》の料理屋「深田屋《ふかだや》」とインチキ医者の占野傘庵《せんのさんあん》が組んで食中《しょくあた》り騒動を起こし、

信吾の両親が営む会席と即席料理の宮戸屋《みやとや》を、廃業に追いこもうとしたことがあった。岡っ引の権六《ごんろく》親分の尽力で、その事実を暴くことができたので事なきを得たのである。

そのときの瓦版書きの天眼《てんがん》には、父の正右衛門《しょうえもん》が謝礼を包んで渡した。もちろん権六親分にも、である。うまく持ち掛ければ協力してくれるはずだ。

「席亭さん。やはり賞金を出しましょう」

しばらく成り行きを見守っていた甚兵衛がそう言った。

「ですが、寄付が集まるかどうかが」

「奥の手があります」

「奥の手、ですか。どのような」

「奉加帳《ほうがちょう》を廻します。浅草や蔵前、柳橋界隈《かいわい》のお見世に持って行くのです」

「だって寄付は集まりそうにないからと」

「多額を望まなきゃ集まりますよ。ここの席料が二十文だから、その五倍の百文から十倍の二百文くらいなら、黙って出してくれますから。常連の皆さんが毎日行ってる蕎麦屋や飯屋、莨屋《タバコや》なんかに行けば、厭《いや》とは言いません」

「臥煙《がえん》の緡売《さしう》りみたいで、ちょっと強引な気もしますが」

「そんなことはせずとも、楽にそこそこの金を集める方法がある」と、島造が言った。

「最初に多めに寄付してくれそうな見世に頼んで、〇〇屋一金いくらと書いてもらうのだ。同業に持って行きゃ、二軒目三軒目は見栄《みえ》を張っておなじか、それに近い額を寄付してくれるからな」

「島造さん、あんたいつもその手でやってますな」

「なにか言うといちゃもんを付けるのが、悪い癖だよ源八さん」と嫌味を言ってから、島造は信吾に話し掛けた。「席亭さん、一等最初に宮戸屋さんに行って、まぁ一両とは言わんが、一分か一朱でいいか。宮戸屋さんがそれだけ出しゃ、どこだっておなじ金を出すでしょ。参加料じゃなくて、この手を使って集めれば賞金もかなりになるしな」

「てまえが宮戸屋の長男ってことは知らぬ人がいませんから、親を利用してるようでまずいですよ。でしたら皮切りは、この界隈の人ならだれもが知っている人にお願いしましょう。一朱でなくて、席料の十五倍の三百文にしとけば十分でしょう」

「そんなにちまちまやらずに、わしの言うやり方でやれば、いくらでも集められるんだから」

「いえ、毎年続けたいですから、なにごとも控え目にしておいたほうが、長続きすると思います」

「だれもが知ってるって、そんな人がいるのかね」

「はい」

「だれだね」

「決まったらお教えしますよ」

「もし、そいつが出さねえと言ったら」

「名前だけ貸してもらいます」

「で、席亭さんが出そうっての、自腹を切って三百文を」

「いえ、名前をお借りするだけですから、だれの腹も痛みません」

なんだ、と思ったからだろう。島造は苦笑した。

「ま、賞金が出るならそれでもいいか。賞金が出りゃ、多けりゃ多いだけ、遣《や》り甲斐《がい》もあるからな」

「この人、厚かましくも、優勝する気でいますよ」

だれかが言ったので笑いが起きた。

なんとなく話が纏《まと》まりそうだと思ったらしく、甚兵衛が常連客たちに言った。

「では、そういうことで進めてよろしいですね。まず大会をおこなうことと、参加者を募っているとのビラを作ります。ここにも貼り出しますが、界隈の湯屋、床屋、飯屋、蕎麦屋、飲み屋などに貼らしてもらいましょう。そして師走になったら、いよいよ開始です。席亭さん」

「はい」

「瓦版書きには早めに手配してくださいね。実際に始めたらいろんな問題が生じるかもしれませんが、それは第二回で改善するようにしましょう」

　ということで、将棋会所「駒形」開所一周年記念将棋大会に向けて、いよいよ動き出したのである。

三

「水臭いなあ、信吾さん。できることなら頼みたいなんて、あっしには言わんでもらいたい。おい、ペー助《すけ》、こういうことになったんだ。それだけで呑《の》みこみまさ。しかしおもしろいね、せいぜい派手にやろうじゃありませんか。芸人仲間には、ヘボな将棋好きは掃いて捨てるほどいますから、声を掛けときますよ」

　人気の幇間《たいこもち》の宮戸川《みやとがわ》ペー助は、「駒形」に来るなりそう切り出した。八ツ（二時）の鐘が鳴ってほどなくのことである。来るなり、信吾と二人だけで話を始めたので、客たちは聞き耳を立てている。

　ペー助は浅草生まれの浅草育ちなので、客のほとんどと顔見知りである。芸人であるだけに、その場の人の印象に残るような、気を惹《ひ》く話し方を無意識のうちにしてしまうらしかった。

「いえ、おもどりがいつになるかわからないとのことだったので、セツさんにおおよそのことを話しておいたのです。どうやら朝帰りのようですね」

「へへへ、信吾さんに言われたことを忘れた訳ではないでしょ、とセツに痛いところを衝《つ》かれましたよ」

「どうせそうだろうと見当は付けてましたので、そろそろ伺おうと思ってたところです。では奥の部屋へ願えますか」

「そういうことでしたら」

ぺー助は客の一人一人にお辞儀しながら、腰を折って信吾のあとに続いた。

「常吉」

「へーい」

「ぺー助さんにお茶を。宿酔《ふつかよい》だろうから濃い目に淹《い》れてください」

「へーい」と返辞したが、常吉は信吾が言うよりも早く、支度に掛かっていたようだ。

将棋大会の話が出た昨日、信吾は「駒形」の客たちが姿を消すと常吉と湯屋へ行き、帰ると通い女中の峰《みね》が用意してくれた食事を摂《と》った。そして常吉に将棋を教えたのである。

判で捺《お》したような一日が終わると、常吉に先に寝ているよう命じて五ツ（八時）ごろ黒船町《くろふねちょう》の借家を出た。

ある出来事に遭遇して思いもしない苦労をした幇間の宮戸川ぺー助は、芸にも人にも幅と奥行きが出たようだ。ひと廻りもふた廻りもおおきくなって、味が加わったと評判を呼んでいた。

おそらく不在だろうとは思ったが、信吾は大川沿いに上流《かみて》に道を取った。浅草花川戸《はなかわど》町《ちょう》のぺー助の家までは、十町（約一〇九〇メートル）ほどしか離れていない。

諏訪町《すわちょう》から駒形町と続き、駒形堂《こまんどう》の横を抜けてさらに北に進むと材木町である。吾妻橋にぶつかり、浅草広小路のほうへ少し行って右に折れると、通りの左右が花川戸町であった。ぺー助の家は通りの東側、越中屋という米屋の横を入った所にある。

並木町の扇谷《おうぎや》伊勢《いせ》はとっくに仕事を終えていたが、信吾は頼んで七草煎餅《ななくさせんべい》を包んでもらった。

ぺー助の長屋は棟割ではなく、三軒長屋の一軒で四部屋あり、ちいさいながら庭も付いていた。さすがに芸人らしく、小ざっぱりとした住まいである。

「夜分にお邪魔します」

声を掛けると、出て来たのは娘のスズであった。

「あら、信吾兄さん」

女房のセツの声がそれに重なるように続いた。

「まあ、信吾さんではありませんか」

「藤の木茶屋の羽二重団子《はぶたえだんご》でなくて、申し訳ないですが」

「あら、お気遣いありがとうございます。スズ、信吾さんに七草煎餅をいただきました。お礼を」

見ただけで品がわかったらしい。

「信吾兄さん、ありがとうございます。あたし大好きよ」

「だけど本当は、川口屋のさらし飴《あめ》のほうが好きなんだろ、スズさんは」

藤の木茶屋の羽二重団子がセツの、川口屋のさらし飴がスズの好物であった。

「あら、お菓子じゃなくってよ。あたしが大好きなのは信吾兄さん」

「来るなり、一本取られてしまった。スズさんにはかなわない」

「ともかくおあがりくださいな」

「ぺー助さんがご在宅だったらちょっと話をと思ったのですが、お留守のようなのでまたにさせてもらいます。信吾が来たとだけ、お伝えいただければ」

「相談とか頼み事が、おありなのではないですか」

「えッ、どういうことでしょう」

「懐にチラリと奉加帳らしき物が見えましたので、ちょっと話をというのがそれ絡みなのかな、と」

セツには毎度驚かされるが、実に勘が良くて、しかも鋭いのである。あるじが芸人で、奉加帳とくれば頼み事だろうと読んだらしいのだ。

ペー助に話せば、どうせ女房のセツに伝わることになる。だから信吾は将棋大会の詳細と、奉加帳の一筆目に宮戸川ペー助の名をもらえればと頼んだのであった。お名前をいただくだけで弾みとなるので、お金のことは気になさらずに、と付け加えた。

「そういうことでしたら、ぜひ協力させていただきます。たしかにお受けいたしました」

「ですがペー助さんがなんとおっしゃるか」

「否《いや》なんて言う訳がないではありませんか。うちの人はそんな恩知らずじゃありませんよ。大恩ある信吾さんには、かならず恩返しをしなければと、事あるごとに話しているくらいですから」


そんな遣り取りがあったので、「駒形」に顔を見せるなり「水臭いなあ、信吾さん」となったのである。

ペー助は懐から、信吾がセツに渡しておいた奉加帳を取り出した。そしてちいさな紙包みをその横に滑らせた。

奉加帳を開くと、墨黒々と次のように書かれていた。

浅草花川戸町　宮戸川ペー助

一金　壱朱也《なり》

念のために紙包みを開くと一朱銀であった。信吾はおおきく首を振りながら、包みをペー助のほうに押しもどした。

「これはいただけません。セツさんには三百文、それもお名前を貸していただければと、伝えておいたはずですが」

「うれしくってね。なにがって、最初にあっし宮戸川ペー助のところに、話を持って来てくれたってことがですよ。しかも恩人の信吾さんが、黒船町に将棋会所とよろず相談屋を開いて一周年ですからね。これでも少ないと思いましたが、セツに三百文と言ったとのことでしたので、お考えがあって、いかにも信吾さんらしく控え目になさってるのだと思いまして。せめてものお祝いにと、わずかではありますが」

「だってペー助さんには毎月一分を二十回、あわせて五両という大金を返してもらっているのですよ」

「相談に乗っていただいて、しかもなにからなにまで解決してもらったのですから、あれでも少ないくらいで、しかも割賦《わっぷ》ではありませんか」

　男である。しかも芸人である。となるといかに説得を続けても、あとに退《ひ》く訳がないとわかった。こちらが意地を張れば、むしろペー助の心を傷付け、不快な思いをさせるだけだろう。

それに信吾にも、甘えがなかったとは言えない。島造との遣り取りで、いささかムキになった嫌いがなきにしも非《あら》ずであった。宮戸川ぺー助であれば否とは言わぬはずだ、そう思いはしたものの、名前だけを貸してもらおうと考えたのは、あまりにも相手の気持を無視した行為であったのだと、今になってわかったのである。

信吾は深々と頭をさげた。

「ペー助さんのお気持、ありがたくいただくことにいたします」

「ああ、よかった。これで家に入れてもらえます。三行半《みくだりはん》を叩《たた》き付けられずにすみますよ。せっかく信吾さんに、親子三人で暮らせるようにしてもらったのですからね。ここで離縁されたら、それこそ恩を仇《あだ》で返すことになってしまいますもの。本当によかった」

その顔がまさに安堵《あんど》で満たされていたので、信吾は気分が随分と楽になったのである。

「ペー助さんのお名前が筆頭にあるので、寄付もきっと集まることでしょう。大会でいい成績を残した人には賞金が渡せますし、むだにせぬよう有効に使わせていただきます」

「わかってもらえたなら、あたしはこの辺で失礼いたしやす。座敷がありますので、用意もありまして」

「わかりました。ご多忙のところわざわざすみませんでした」

信吾は紙包みを手にすると、額のまえで一礼した。そして奉加帳を手に取るとぺー助といっしょに奥の部屋を出た。

「皆さん」と言って、信吾は開いた奉加帳を客たちに見せた。「将棋大会の寄付集めの奉加帳、一等最初に宮戸川ぺー助さんが書いてくださいました。しかも三百文とお願いしましたのに、一朱もいただいたのですよ」

客たちが一斉に頭をさげながら、ぺー助に礼を述べた。

「宮戸屋に用がありますので、ちょっと出ます。あとをよろしく」

甚兵衛に頼むと、信吾は奉加帳を懐に納めて、ぺー助とともに「駒形」を出た。

大川に沿って上流に向かって歩く。

「途中までいっしょにまいりましょう」

「そう言えば、あそこで相談に乗っていただいたのが、そもそもの始まりでしたね」

言われてぺー助を見ると、上流の岸辺にある駒形堂に目を向けていた。

四

信吾の両親が営む会席と即席料理の宮戸屋は、雷門まえの浅草広小路に面した東仲《ひがしなか》町《ちょう》にある。

商売上の接待、趣味や親睦などの集まり、さまざまな打ちあげなどで、多人数が集まって料理と酒を楽しむ宴席を会席と呼ぶ。そこで供されるのが会席料理だ。

宮戸屋の客は商家の旦那衆、大名家の江戸留守居役たち、俳諧《はいかい》、狂歌、川柳などの宗匠や同人、戯作者、絵師、書家らの文人と多彩であった。また金龍山《きんりゅうざん》浅草寺の裏手には、不夜城と呼ばれる吉原遊郭が控えているので、宮戸屋で料理と酒を楽しんでから、さらなる楽しみを求めて繰り出す人たちもいる。

それら江戸住まいの客だけではなかった。

近辺の旅籠《はたご》から団体で送りこまれる、江戸見物の人たちも多いのである。せっかく江戸に来たのだから、田舎《くに》に帰って自慢できるような贅沢《ぜいたく》をしようではないか、という連中だ。

会席料理は予約制であった。季節や、集まりの趣旨に応じて料理の組みあわせを考えるので、材料の手配があるからだ。

宮戸屋が多忙なのは、昼飯どきの四ツ（十時）から八ツ（二時）に掛けてであった。続いて夕刻の七ツ（四時）すぎから夜の五ツ（八時）となる。

吾妻橋の畔で宮戸川ぺー助と別れた信吾が、宮戸屋に着いたのは七ツまえだったので、昼と夜の谷間のような時刻であった。

昼の客が帰ると直ちに後片付けをすませ、奉公人の多くは湯屋に行く。日の出から開けている江戸の湯屋は、翌朝に備えて五ツには湯を落とすからだ。そうでない者はちょっとした買い物に出るか、浅草寺の境内や大川沿いのそぞろ歩き、でなければ休憩する。料理人の喜作《きさく》と喜一《きいち》の親子が、夜の仕込みのために立ち働いているくらいであった。

「父さんは」

母の繁《しげ》に訊いた。

「お部屋よ。ちょうどよかった。話があるらしいから、小僧に呼びに行かせようと思ってたの」

「話って、なんだろう」

「なんでしょね。悪い話ではないと思いますけど、なんでしょね」

唄うように繰り返したところからすると、どうやら母は父の口から言わせたいらしかった。

「よろしいですか」

「入りなさい」

言われて正右衛門の居室に入ると、帳簿を見ていたらしく、紙片を挟んで信吾のほうを向いた。

「呼びにやろうと思っていたところです」

「母さんから聞きましたが、もしかしたらおなじことについてなのかな、という気がするのですが」

父は答えず、しばらく信吾を見てから言った。

「一つは、どうやらそうらしい」

「えッ、二つでしたか。もう一つの見当は付きませんが、おなじ件に関してはわたしから話すのが筋ですね」

正右衛門はなにも言わない。ということは先に話しなさい、ということだ。

「よろず相談屋と将棋会所が、間もなく一周年となります。相談屋は取《と》り敢《あ》えず置きまして、将棋会所では記念将棋大会を催すことにしました」

そう前置きして、信吾は決まった事柄や自分の考えていることを、順を追って話した。

「駒形」の客だけでなく、広く参加を呼び掛けること。師走から睦月に掛けておこない、賞状と賞金を出そうと思うと伝えた。

信吾は懐から奉加帳を取り出して、父のまえに滑らせた。

初筆にペー助の名があるのを見て、正右衛門は信吾の意図を汲《く》み取ったらしい。

「最初に宮戸屋に来たら、額がおおきくなると考えたようだな」

「それもありましたが、少しだけ狂いが生じましてね。ペー助さんが留守でしたのでセツさんに、多くても三百文どまりで、と念を押したのですが」

「芸人だ。しかも自分が筆頭《ふでがしら》ときたら、三百文までと言っても納得すまい。よく一朱で我慢したものだ。かぎらなければ一分、二分、いや小判を包んだかもしれん。芸人は見栄だ。借金してもそうしただろうな」

「そこまでは考えが至りませんでした」

「母さんから聞いたが、ぺー助が大事な恩人を招くからと言うので、どんなに偉い立派な人が来るのだろうと思っていたら、信吾だったので驚いたと言っていた」

「何ヶ月もまえのことですよ」

「相談に乗ってもらった恩人の将棋会所が一周年となれば、ぺー助にすれば三百文という訳にはいくまい」

「わたしはそこまで考えず、なるべく多くの人に少しずつ出してもらおうと思ったので、低くしたかったのです」

「十両寄付しようと思っていたのだが、そういうことであれば、却《かえ》って信吾に負担を掛けることになるな」と、父らしくない冗談が出た。「それに信吾が宮戸屋の不肖の息子だということは、界隈で知らぬ者はいないから、派手にはできんし」

「いくら親でも、不肖はひどくはありませんか」

「だから宮戸屋の名を、最初に記すべきでないことくらいわかっています。終わるころに持って来なさい。うしろのほうにさり気なく書いてあげますから。それより」と、正右衛門は真顔になった。「寄付が集まったら、こまめに持って来るように。そっちには蔵がないから物騒です」

　万作《まんさく》のときもそうだったが、コソ泥がねらっていたら生き物が教えてくれるし、鎖《くさり》双棍《そうこん》があるので簡単に撃退する自信はある。だが父はそんなことは知りもしない。

「はい。そうします。物騒になるくらい集まればいいですが」

「寄付してくれた人の名、金額、日付はちゃんと控えておくように」

　いかにも商人らしく正右衛門は念を押した。

「ところで父さんのお話もやはり」

「なんとか一年を乗り切って、二年目を迎えられそうだとのことなので、内輪で祝いたいと思ってね。正月の下旬を考えている。決まれば知らせますよ」

「そうしますと、もう一つのほうが気になりますが」

「身の回りの世話をさせるためと、宮戸屋との連絡係として常吉を付けましたが、さっき言ったようにやがて一年になる」

「非常によくやってくれるので重宝しています。良い小僧を付けてくれました」

「母さんが言ってましたが、別人のようにしっかりしてきたそうだね」

　ここで言う母さんは、信吾の母の繁ではなく、正右衛門の母の咲江《さきえ》、つまり信吾の祖母のことである。

「一年となると切りがいいので、常吉には宮戸屋にもどってもらい、べつの者に世話と連絡係をやらせることにします」

「えッ」

そう言ったなり信吾は絶句したが、同時に絶対に受《う》け容《い》れてはならないと思った。

しかし正右衛門は一家の長である。宮戸屋を弟の正吾《しょうご》に継がせ、自分は独立したいという信吾のとんでもない願いを、認めてくれたという事情もあった。いつ出るかわからぬ病気があるので、止《や》むを得ぬとの理由からではあるにしても、である。

家にあって家長は絶対であって、逆らうことなどできる訳がない。命じられたら従うしかないのである。

しかし正右衛門の言葉どおりに常吉を宮戸屋にもどすと、気が利いてよく働く、今のままの常吉でいられるだろうか。

常吉はハツによって目覚め、劇的に変貌を遂げた。自分より年下の、しかも女の子が、それも将棋なんぞに夢中なのが信じられなかったからだ。

なぜなら将棋にそれほどの魅力があるなど、常吉は思いもしなかったからである。「駒形」で将棋を指すのはほとんどが老人で、むっつりと黙ったまま指していた。たまになにか言っても訳がわからないし、すこしもおもしろくない。

それなのにハツは夢中になり、しかもかなり強い相手を負かしてしまった。うれしそうに顔を輝かせるハツを見て、常吉は衝撃を受けたらしい。

だったらと信吾に教えてもらうと、老人たちがつまらなそうな表情で指していることからは、想像もできなかったほどおもしろいのである。

常吉が次第に力を付けてきたのを感じた信吾が、若年組でハツの次に強い留吉《とめきち》と対局させると勝つことができた。ハツの常吉を見る目が変わった。これほど励みになることがあろうか。

常吉はますます没頭するようになり、加速度的に力を付けたのだ。

すると「駒形」での仕事も、次第に楽しくなってきたのだろう。今まで気付かなかったのが嘘《うそ》のように、なにもかもがちがって見え始めたらしい。

そして今の常吉は、咲江が驚いたくらい、まるで別人のように変わったのである。

常吉にとって大切なのはハツであり、将棋である。どちらがおおきな比重を占めるかまでは信吾にはわからないが、ハツと将棋が常吉の心の八割かそれ以上を占めていることはまちがいない。

宮戸屋にもどすことは、その二つを同時に奪うことを意味した。

元の木阿弥《もくあみ》になってしまう。

食べることにしか関心が持てず、気が付くと柱か壁にもたれて居眠りしていた常吉。

咲江が、「なにをやらしてもちゃんとできたことはないし、三つのことを言い付けると、決まって一つは忘れてしまう。要領は悪いし、気は利かないし、愚図だし。食べることしか考えていない」と言った常吉に、逆もどりしてしまうだろう。

だから断固阻止しなければならなかった。

ところが正右衛門は、常吉がハッによって変わったことなど知りはしないし、説明してもわかってもらえそうにない。

もう一点、正右衛門の気持を枉《ま》げさせるのが、極めて困難な理由がある。

祖母の咲江がうっかり洩《も》らしかけたことがあったが、正右衛門はどうやら箸にも棒にも掛からぬ、持て余し気味の常吉の教育を信吾にやらせようとしたらしい。信吾は見事その期待に応え、一年足らずで常吉を、働き者で気の利く奉公人に変え、そればかりか言葉遣いまでちゃんとできるようにしてしまったのだ。

となると第二の常吉を送りこんで、信吾に教育させようと思ってもなんのふしぎもない。

そんな正右衛門を説得するのは、どう考えても簡単ではないだろう。しかし常吉のためには、成し遂げねばならないのだ。

よほどの理由でなければ、父は絶対に自分の考えを変えないにちがいない。となれば、となれば、となれば……と頭が空廻りを続ける。

「新しい小僧を付けてくれるのはありがたいのですが、常吉は手離せません」

正右衛門は信吾を見据えた。「そんな勝手は許しません」などと、頭ごなしに打ち消したりはしない。「まず伺いましょう」と静かにうながすだけなのだ。

「お蔭《かげ》さまで『駒形』のお客さんが増えておりますが、ここに来て『よろず相談屋』の仕事も入るようになりました」

そのため客の相談を聞きに出掛けるとか、打ちあわせや調べ事で、「駒形」を留守にすることが多くなっていた。信吾にすれば相談屋こそ当初の目的なので力を入れたいが、かといって相談屋を支えている「駒形」をおろそかにはできない。

信吾に用があれば客との対局や指導は甚兵衛に頼んでいるが、茶を出すなど身の回りの世話もしなければならないのである。

常吉が急激に将棋の腕をあげているので、できれば助手として育てたかった。客の世話をする常吉が助手となれば、信吾は本格的に相談屋の仕事に打ちこめるからだ。もっともかなり鍛えなければ、今のままでは客の将棋の相手はできない。

「常吉と入れ替えるのではなくて、雑用係として、茶を出したり、履物を揃《そろ》えたり、莨を買いに走ったり、掃除をしたりの小僧を、新たに付けていただこうかなと思っていた矢先なんですよ。そうしていただければ、常吉を助手として鍛え、ゆくゆくは『駒形』を任せられるでしょう。わたしはよろず相談屋に専念できます」

「であれば将棋会所は畳んで、相談屋一本で行けばいいではないか」

「おっしゃるとおりですが、将棋のお客さんも増えて常連もたくさんおいでになります。となると投げ出すとか、閉鎖したりはできません。父さんも商人《あきんど》ですから、そのことはよくおわかりのはずですが」

「だからといって、入れ替えでなく新たに一人を付けるというのはなあ」

「ですよね。とてもむりだということは、わからないでもないですが」

入れ替えはできません、とまでは言わないのが呼吸というものだろう。言えば正右衛門は、家長としてすんなりと受け容れられなくなる。

しばらく考えてから正右衛門が言った。

「常吉をそのまま使いながら、もう少しようすを見るとするか。将棋に熱意を示しているなら、伸びるところまで伸ばしてやることも考えねばな。ただし限界が見えたら、切り換えてやるのが常吉のためでもある」

「そうですね。急ぐことはありません。船出してまだ一年にもならないのですから」

なんとかこれに関しては切り抜けることができたが、まだ問題は残っていた。

五

「商人の血は争えませんな、席亭さん。こういうのを見せられますと、さすが江戸は浅草の老舗料理屋の御曹司、宮戸屋正右衛門さんの御長男の信吾さんだ、と思わずにはいられません」と、甚兵衛はしみじみと言った。「出さなきゃならないことはきっちり出して、どうでもいいことにはまるで触れていません。実にすっきりして、しかもわかりやすいですよ」

まず信吾が取り組んだのは、将棋大会の参加者募集のビラであった。

あまり細々したことは書かずに、将棋会所「駒形」の一周年を記念した将棋大会であること、申しこみ順に登録すること、十一月末で締め切ること、参加資格は問わないこと、参加料は不要であること、十二月から一月に掛けて総当たり制でおこなうこと、暮れの三日と正月の三が日は休むこと、優勝者には賞状と賞金を出すことを明記した。

そして詳細は黒船町の将棋会所「駒形」の席亭信吾に問いあわせてもらいたいと、左下にちいさめに付記したのである。空白部分に王将、と金、飛車、桂馬などの駒の絵を書き入れたのは、一目見て将棋に関するビラだとわかってもらうためであった。

信吾が書きあげた見本を甚兵衛に見てもらうと、とてもいい出来だと褒めてくれた。そして付け加えるように、見出しの「将棋会所駒形開所一周年記念将棋大会」の、駒形を朱書きしてはどうかと言われたのである。

「なるほどこの一帯が駒形ですし、会所の名も駒形ですから、将棋の駒の絵と赤い駒形の文字が、パッと目に飛びこみますね」

「目に焼き付けられると思いますよ」

「何枚ほど作ればいいでしょう」

「この界隈の湯屋、床屋、飲み屋などに貼らせてもらうとして、取り敢えず三十枚ほど作ってもらいましょうか」

甚兵衛に言われて信吾はせっせと書き始めたが、思ったよりも大仕事であった。おなじ物だから楽に書けるだろうと思っていたのだが、ほぼ均質に仕上げるとなると、全体、書き出し、配置、駒の絵との釣りあいなど、あれこれ気を遣わねばならない。

なんとか十枚を書いたとき、信吾はかなりの疲れを肩と腕に感じていた。十五枚でまだ半分かと、溜息《ためいき》が出たのである。二十枚目になると、彫師《ほりし》や摺師《すりし》の腕次第で出来に差は出るだろうが、これほどたいへんなら版木での摺りを頼めばよかったと思ったほどだ。

時間は掛かったが、なんとか目標の三十枚を書きあげることができた。

信吾は第一番に、まちがいなく協力してくれそうな「鶴の湯」に持ちこんだ。最初で断られると、大会そのものにケチが付きそうな気がしたからだ。その点、ほぼ毎日通っている湯屋ならまちがいない。

「へえ、一年になるのかい、信吾さん。そいつぁ、おめでとう。いいよ、お易《やす》い御用だ。目立つところに貼っときな。お客さんには将棋好きがけっこういるみたいだから、声を掛けとくからよ」

まだ四十代半ばなのに頭の毛が薄くなって、辛うじて申し訳ばかりに細い髷《まげ》を結っている主人は、総当たり戦だと知って残念がった。勝ち抜き戦であれば、勝負のたびに呼びに来てもらえば、なんとか出られるかもしれないが、総当たり制ではとても都合が付けられないからである。

「賞金が出るってから豪勢じゃないか。で、いかほどだい」

「それがね」

「なんだい気を持たせて」

「という訳ではないのですが、検討中でまだ決まってないのですよ」

「けっこうな額なんだろ。あっしが出られないので、ってことは賞金を稼げねえから気の毒だからって、気を遣ってんじゃないの」

「どうでしょね。さて、どうでしょね」

自然と唄うような口調になる。もしかすると母もこんな感じだったのかな、という気がした。

その足で隣の「亀床」へ。

江戸ではほとんど、湯屋と髪結床は並んで見世を出している。風呂上がりに髪を整える客が多いからだ。ところで鶴と亀の名を屋号に、先に付けたのはどちらだったのだろう。

床屋のあるじは将棋を指さないそうだが、客には好きなのが多いから、声を掛けとくよとのことだった。

順番待ちも含めて五人の客がいたが、うち三人があとで申しこむと言ってくれた。参加料を取らないのが意外だったようで、賞金のことも含め随分と話が弾んだのである。調子をあわせてくれているところもあるのだろうが、好感触なので信吾は気をよくした。

鶴亀というおめでたい名前にちなんで、「鶴の湯」と「亀床」を選んでよかったと思った。ほとんどが共通の客なので、どちらかに貼らせてもらえばいいようなものの、声を掛けられなかったほうが気を悪くすると思ったので、両方に頼んだのである。

そのように湯屋、床屋、飲み屋、飯屋などを近い順に廻っていると、三十枚はすぐになくなってしまった。

奉加帳を手に寄付集めにも廻ったが、こちらは顔の広い甚兵衛に手伝ってもらうことにした。と言っても二人でいっしょに廻る訳ではない。将棋会所の「駒形」にはどちらかがいなければ、対局や指導を望む客の対応ができないからである。

こちらも順調で、百文、二百文ほどを願えればと言うと、だれもがあまりの少なさに驚いた。そしてペー助の一朱は特別な祝儀だと知って、二、三百文を気持よく出してくれる人が多かったのである。

参加の申しこみも順調であった。

ところが瓦版の手配が付かない。信吾の知っている瓦版書きとなると天眼だが、会いたくても取っ掛かりがないのである。いや、最初に「駒形」に連れて来た岡っ引の権六親分に聞けばわかるだろうが、その親分が顔を見せないのだ。

瓦版売り、つまり読売はもともとがいかがわしく、後ろめたい仕事である。かれらは不意に街角に現れ、人を集めて売り捌《さば》き、あッと言う間に姿を消してしまう。なぜなら幕府の許可を得ていないからであった。

貞享《じょうきょう》元（一六八四）年には、早くも「読売禁止令」が出ていた。瓦版売りが編み笠《あがさ》で顔を隠して、二人一組で行動するのはそのためである。一人が名調子を張りあげて売っているあいだ、相棒は町方の同心や岡っ引が来ぬよう警戒している。そして危険だとなると、二手に分かれて姿を晦《くら》ましてしまう。

幕府は繰り返し禁止令を出し、享保《きょうほう》七（一七二二）年には、瓦版はもちろんとして印刷物を売るには板元を明示することを義務付けた。瓦版はお達しを無視して、書き手の名も板元も明らかにせず、許可を取らぬまま板行を続けている。

それができたのは、幕政批判をしないかぎり御公儀《おかみ》が黙認していたからだ。

いずれにせよ、信吾が瓦版書きの天眼やその板元を知ることは、できる訳がなかったのである。たった一つの窓口、それが権六親分であったが、例によって姿を見せない。

ところがビラの効果が思ったよりおおきく、また噂となってたちまちにして広まってしまった。参加者の登録は予想以上に早く、また多かったし、寄付も集まったのである。なにもかもが順調に進んだので、であれば瓦版に頼ることはないかと、信吾と甚兵衛は思い始めていた。

　そんな折である。

「おう、これこれ。なるほど、噂になって当然だな」

　半月振りになるだろうか、短躯《たんく》でガニ股の権六が格子戸を開けるなりそう言った。いつもの「また来たぜ」の決まり文句でなかったが、その意味はすぐにわかった。壁に貼られたビラを見ていたからである。

「えらい評判になってるじゃねえか」

　権六に言われ、信吾は控え目に受けた。

「お蔭さまで」

「親分さん、ご苦労さまです」

　声を掛けたのは甚兵衛であった。権六はビラに目をやったままで訊いた。

「変わったこと、困ったことはねえかい」

「親分さんのご威光で、悪いやつらは身動きが取れないようでして。お蔭さまでだれもが安心して日々を送っております」

「なによりだ」

信吾は少し迷ったものの、天眼のことを権六に訊くことにした
「ところで親分さん、よろしければ駒形堂の辺りまで散策と洒落《しゃれ》ませんか」

「よかろう。まてよ、信吾に誘われるのは初めてじゃなかったかい」

「そうでしたっけ」

甚兵衛に目顔であとを頼むと、信吾は権六と「駒形」を出た。

大川を往き来《ゆき》する船を横目で見ながら、二人は上流へと足を向ける。

「ところで信吾のほうから散策に誘ったからには、なんぞ話があるんじゃねえのかい」

「さっき駒形で親分さんがおっしゃってた将棋大会のことなんですがね、どうせ開くからには一人でも多くの人に楽しんでもらいたいのですよ。ですから天眼先生が瓦版に書いてくれると、効果がおおきいと思いまして」

「宮戸屋の食中り騒動のこともあるからなあ。瓦版にあれほどの威力があるとは、思いもせなんだぜ」

「そうなんです。権六親分さんが占野傘庵と深田屋の仕組んだ罠《わな》だと暴いて、天眼先生が瓦版に書いてくださったので助かりましたが、あのままだったら宮戸屋は廃業するしかありませんでしたもの」

「なに、悪いことはできねえってことよ。天眼が言ってたが、天網恢恢疎《てんもうかいかいそ》にして漏らさず、と言うそうだぜ。天の、ということは神さまか仏さまってことだろうが、その網の

目はひどく粗いんだそうだ。ところが悪いことをしたやつらは、かならずその網に引っ掛かるらしい」

「だから悪いことはできない、との戒めですね」

「そうとでも思わなきゃ、酷《ひど》い目に遭いっぱなしの者は救われねえさ」

「なにしろ駒形の開所一周年で、一回目の将棋大会ですから、ぜひ天眼先生に取りあげていただこうと思ったのですよ。ところがお住まいがわかりません。それならと瓦版を出している所とか人を探しましたが、まったく手掛かりが摑《つか》めませんでした。そこで親分さんに教えていただければと」

「教えることはできんが、信吾が話があると言っていたと天眼には伝えてやろう。だが、すぐって訳にはいかねえかもしれんぞ」

「どうしてでしょう」

「御公儀が許しちゃいねえからな。だからやつらは住まいも名前も、知られぬようにしてるのよ。て訳で簡単に連絡《つなぎ》を付けられねえ」

町奉行所同心の手先である岡っ引が、御公儀に認められていない瓦版屋や瓦版書きと、親しくしてはいけないのだ。だから表立って付きあうことはできないとなると、岡っ引も瓦版書きもおなじような人世《じんせい》の谷間、あるいは裏側にいるということである。

そんな連中とは適当な距離を置いて付きあわねばならないし、ある線から先に入りこんではならないということだろう。

「わかりました。遅くなるのは止むを得ませんので、天眼先生にお会いすることがございましたら、信吾がお願いしたいことがあると言っていたと、お伝えください」

ということで、駒形堂で権六と別れると信吾は「駒形」にもどったのである。

六

「信吾さん、ご無沙汰です」

将棋大会のビラを馴染《なじ》みの「鶴の湯」や「亀床」に貼らせてもらってから、三日後の朝の四ツすぎであった。

「太三郎《たさぶろう》さんじゃありませんか。こちらこそ、ご無沙汰しております」

名前を聞いて常連たちが顔をあげた。「おや、懐かしい」「珍しいね、太三郎さん」「仕事熱心なのはいいが、たまには指しにおいでよ」などと声を掛けられ、太三郎も常連たちに挨拶した。

「おもしろいことを始めると聞きましたのでね。ああ、それですか」

そう言って、太三郎は壁の貼り紙に目をやった。

この若者は元旅籠町《もとはたごちょう》二丁目の質商「近江屋《おうみや》」の三男坊で、ある時期「駒形」に入り浸っていたことがある。

「まさか、大会に」

信吾がそう言うと、太三郎は当然のようにうなずいた。

「朝のうちだけってことでも参加できるなら、という条件付きですが」

「なんの問題もありません。するとと心を入れ替えてまじめに働いてらっしゃるので、もう将棋に溺れることはないだろうと、お父上の太兵衛《たへえ》さんが許してくださったのですね」

「いや、親父《おやじ》に教えられたんですよ。信吾さんとこが一周年を記念して将棋大会をやるらしいから、恩返しに参加しなさいってね」

「てまえは恩返しされるほどのことはしてませんが、でも太三郎さんが参加してくれるのはうれしいです」

「ただし仕事があるので」

「朝のうちだけだぞと、太兵衛さんに釘《くぎ》を刺されたのですね」

ほぼまちがいなく偽名だろうが、佐助《さすけ》という名で「駒形」にやって来た賭け将棋師が、太三郎をまんまと罠に引きずりこんだことがあった。僅かな差で負けながら倍々と額を吊《つ》りあげていき、相手がすっかり自信を持ったころ、一気に何倍にも吊りあげて勝つという手口である。

完全に罠に嵌《はま》りながらすんでのところで信吾に救われた太三郎は、心を入れ替えて家業に励むようになった。息子が騙《だま》し取られるはずだった五両を、父の太兵衛は相談料の名目で信吾に謝礼として払ってくれた。

その父親が太三郎を将棋大会に出させるということは、息子が完全に立ち直ったと確信したからだろう。

「えッ、もうこんなにですか。だって登録を始めたばかりでしょう」

参加者名簿を開いた太三郎は、思わず声をあげた。三日目だというのに、すでに百名を超えていたからだ。

「そうしますと師走に入って、朔日《ついたち》からということですね」

「はい。毎朝五ツからやってますから」

「しかし、総当たり制となると、かなり掛かるのではないですか」

「太三郎さんは朝のうちだけだそうですが、二番、うまくいけば三番は指せるでしょう。常連の中には朝の五ツから夕刻の七ツまでに、十番も十五番も指す猛者《もさ》もおりますから」

何番勝ったかを自慢するならともかく、そんなのは駒を動かしているだけで、将棋指しの風上に置けない。常連の中から苦笑いが起きた。

「では、調子を整えておきましょう」

太三郎は名簿に住まいと名前を書き入れると、信吾や甚兵衛、そして顔見知りの常連たちにお辞儀をして帰って行った。

大会参加の登録と奉加帳への寄付は順調だが、瓦版書きの天眼は一向に姿を見せない。

岡っ引の権六親分によると、瓦版は発行者名とその住所を明記しなければ、御公儀に認められないらしい。幕政を批判すればもちろんだが、世上を騒がせると、捕縛され入牢《じゅろう》となるとのことだ。だからほとんどの瓦版は、秘密裡《ひみつり》に発行しているのである。

あるいは権六も、天眼の住まいを知らないのかもしれなかった。あちこちにそれとなく声を掛けておけば、天眼のほうから訪れるようになっているのだろう。なにかあった場合のことを考え、町方同心の手先を務める岡っ引に易々と教えるとは考えにくかった。

信吾は第一回の大会ということもあり、将棋好きだけでなく一般の人たちにも知ってもらいたかった。そのため瓦版でと思ったのだが、どうしてもと言うほどの拘りはない。それに参加者登録や寄付集めがここまで順調であれば、場合によっては瓦版に載せなくてもいいという気もし始めていた。

二十五日は手習所が休みなので、留吉たち若年組の連中がやって来た。これまでは揃わない日もあったが、その日は二十名近い全員が姿を見せたのである。

父や祖父に教えられたか湯屋などで耳にしたのだろう、だれもが大会のことを知っていた。来るなり興奮気味にそれを話題にし、一斉に喋《しゃべ》るので騒々しいったらない。

しかし源八が言ったように、親に言われたのか自分で決めたのかはわからないが、大会に出る者はいないようである。強気な留吉は参加するのではないかと思っていたので、信吾は意外な気がした。

そして五ツ半（九時）を少しすぎたころ、若年組では別格と言えるハツが祖父とともに姿を見せた。本所の表　町《おもてちよう》からなので、どうしてもこの時刻になるのだ。

「みなさんおはようございます。席亭さんおはようございます。常吉さんおはよう」

いつものように明るい声で挨拶しながら入って来たハツは、祖父と二人分の席料を常吉が指し出した小盆に置いた。だがたちまち、その場の異様な雰囲気に気付いたらしい。くりくりした目でおなじ年ごろの男の子たちを見て、驚いたような声を出した。

「あら、どうしたの。変ねえ。なにか変。留吉さんの顔が赤い。まあ、大変。みんなも赤い顔してるじゃない。変な物を食べたんじゃないでしょうね」

「犬の仔《こ》といっしょにしないでくれよ」

留吉がそう言ったが、ハツはすぐに切り返した。

「犬の仔はお利口さんだから、変な物は食べないわよ」

「そうか。おハツさんとこは川向こうの本所だから、まだ知らねえんだ」

「あら、なになになに、なんなの。なにを知らないと言うの。意地悪しないで教えてちょうだい」

信吾は思わず噴き出した。二十人ほどの若年組のほとんどが、一斉に壁の貼り紙を指差したからだ。

「まあ、すごい」

特に難しい字を使っていないこともあるが、ハツは素早く読み取ったらしい。

「じゃ、みんなは大会に出るのね」

言われて男児たちは顔を見あわせたが、親分格の留吉が言った。

「おれたちが出て、子供のくせに大人を負かしては、恥を掻《か》かせることになるだろう。気の毒じゃないか」

黙々と指していた男たちの何人もが噴き出し、膝を叩いて爆笑した。

「それより、おハツさんはどうなんだよ」

「えッ、あたし？　あたしは」

ハツに見られた祖父の平兵衛《へいべえ》は、壁に近付いてまじまじと貼り紙を見始めた。そうしながら、どうするべきかを考えていたのかもしれない。

信吾もまた考えた。もちろんハツや平兵衛次第で、席亭が口を挟むべきでないのはわかっている。しかし相談されたら、答えなくてはならないからだ。

「子供はまずい、女の子だからだめだ、ということは書かれてませんな」

「はい。資格は一切問いませんよ、平兵衛さん。どなたも区別なく、対等な立場で指していただくことになっています。それが将棋のいいところではないでしょうか。ですが総当たり制なのに、手習所が休みの日だけになりますね。一日に何番も指していただかねばなりませんので、相当にきついかとは思いますけれど」

平兵衛によると、手習所は十二月の十七日から一月の十六日まで、年末年始の休みだとのことだった。だから毎日とはいかなくても、平兵衛の調子が悪いとか疲れがひどくないかぎり、出られるとのことである。

「ハツはどうだね」

言われたハツは、困惑顔になって考えこんでしまった。参加料はいらないので祖父に負担を掛けることはないが、若年組が参加しない中で自分一人が出ることには、ためらいがあるのだろう。あれこれ迷って当然かもしれなかった。

「じいちゃんは、どう思う?」

平兵衛は正面からじっと、ハツの目を見ながら言った。

「指すのはハツだからね。自分が大人、それも男の人と、どれくらい指せるか知りたいなら出るといい。迷うことが多いなら、出ないほうがいいだろう。迷いのままに戦っても、力を出し切れないからね」

いい祖父だなあと、信吾はしみじみと思った。孫娘の気持を尊重しながら、なるべく負担を掛けぬようにとの、思いやりに満ちているからだ。

男児たちはだれもが言いたいことが一杯あるだろうに、ここはうっかりしたことを言ってはならないと、わかっているようであった。

祖父の言葉を受けて、ハツは懸命に考えを整理しようとしたのだろう。俯《うつむ》いたまま、微動もせずにひたすら考えていた。

そのハツが思わずというふうに、信吾に目を向けた。その目が活き活きと輝いた。信吾の目を見たハツは、きっぱりと言った。

「じいちゃん、あたし、出たい」

ああ、やはりハツにはわかったのだ。若年組の全員が、そして祖父がハツと信吾を交互に見ているので、うなずきもせず瞬《まばた》きもしなかった。ただ、目に思いを籠めたのである。

——こんな機会は二度とないかもしれない。だから、ハツ、思い切ってやりなさい。

ハツには通じた。

「ということですので、席亭さん。孫を出させてもらいます」

「わかりました。異色の、それも紅一点のおハツさんが出てくれるなら、ますます盛りあがるでしょう」

信吾は待ってもらうよう断って、参加者名簿を取りに行った。

表座敷にもどると、常吉が硯《すずり》、墨、筆を用意し、静かに墨を磨《す》っていた。ハツが参加すると信じて、あるいはそう願いながら準備をして待っていたらしかった。

「住まいと名前を。本所表町とハツ、それだけでいい。おハツさん、これは決意表明、つまり戦いますとの気持を表すものだから、自分でお書きなさい」

「はい」

すなおに答えるとハツは名簿に書き入れたが、十歳の女児とは思えぬほどしっかりした字であった。

だれもが興奮したからだろう、子供たちはなかなか対局に入れなかったのである。

七

その夜「駒形」に、瓦版書きの天眼がひょっこりと姿を見せた。

湯を浴びて通い女中の峰が用意してくれた食事をすませ、信吾が常吉に将棋を教えていたときであった。

客があれば直ちに将棋は打ち切る。

「よし、今日はこれまでだ」

「ありがとうございました」

信吾は常吉に酒の用意を命じた。

「おもしれえことを始めるそうじゃねえか」

どかりと胡坐《あぐら》をかくと、天眼はつまらなそうな言い方をした。

「権六親分さんにお聞きになられたので」

「いや。鬼瓦の顔はしばらく見てねえ」

鬼瓦とはうまいことを言うなあ、と信吾は感心した。そうか鬼瓦か。まさに鬼瓦そのものではないか。

信吾はなにかに似ていると思いながらも、冷たい目が由来らしい渾名《あだな》のマムシでそれなりに納得していたのだ。

権六は目立つ体型をしている。背丈はないが胸が分厚く、顔は巨大で顎が張っていて、目は左右に開いていた。そして鼻は胡坐をかいている。

どう見ても鬼瓦でしかない。となるとマムシは風貌ではなく、性格から来た渾名だったのだと気付いた。

「なんぞ言うておったか、権六が」

いけない。ぼんやりしていた。

「いえ、そういう訳ではありませんが、親分さんと親しくされているようでしたので」

「親しいものか。町方同心の手先だからな、なにかあれば利用しあうだけでしかねえよ」

宮戸屋の食中り騒動のときの、二人の絶妙としか言えない進め方について訊きたかったが、今はそれどころではない。将棋大会のことを、瓦版に書いてもらわねばならないのである。

「さきほど、おもしろいことを始めるとおっしゃいましたが、天眼先生はどうしてご存じなのですか」

「ご存じもなにも、噂になっとるではないか。大した評判だぜ。飲み屋でも湯屋でも床屋でもな」

それがねらいだったので、ビラを貼らせてもらうとか、人の集まる所でそれとなく話題にするよう、常連客たちに持ち掛けた意図は活きたということだ。

であれば頼みやすい。

信吾は将棋会所「駒形」が間もなく開所一周年を迎えるので、記念の将棋大会を開催することと、それに関する詳細を話した。

天眼が懐から矢立と手控え帳を出して書き始めたので、登録順であるとか、一項目ごとに区切りながらゆっくり喋り、書き終えるのを待って冒頭から繰り返した。

「これまでに類を見ない画期的な大会ですので、天眼先生にぜひ瓦版で取りあげていただきたいと思いまして」

信吾は熱を籠めて話したが、天眼は無表情なままで、変化が感じられない。関心を持ってくれたのか、おもしろがっているのかどうかなど、まるで反応が摑めなかった。

当然のように天眼が興味を示すだろうと思っていたので、信吾は肩透かしを喰ったような思いがした。なんとしても気を惹かなくてはならない。本人も「おもしろいことを始める」と言ったではないか。概要を話せば当然わかってもらえると思ったが、どうやら甘かったようだ。なんとしても興味を抱かさねばと、信吾は焦り始めた。

「最高齢は傘寿《さんじゅ》のご隠居さんで、最年少は十歳の女の子です。ということは、老若男女が将棋を楽しんでいるということにほかなりません。てまえはもっともっと多くの人に、将棋のおもしろさを知ってもらいたいのです。例えば今話した女の子ですが、かなりいい成績を残すだろうと見られていましてね」

「十歳の女児だと言ったが、何歳からやっとるのだ」

「祖父が手ほどきしたらしいのですが、まだ一年ほどだそうですよ。てまえも対局しましたが、相当な腕で、これからどこまで伸びるのか、とても楽しみです」

「信吾と申したな。何歳に相なる」

これでは訊き取りではなく訊問《じんもん》ではないか、と信吾は思った。瓦版書きがこんな訊き方をしていては、だれだって警戒して本心を明かさないのではないだろうか。それとも相手次第で臨機応変に、訊き方を変えているのかもしれなかった。

「二十歳《はたち》でございます。大会の結果が出るころには、二十一歳になっておりますが」

「わかり切ったことは申さずともよい」

「すみません」

「おまえは席亭である以上、指しに来る客に負けることはなかろう」

「今のところは、ではありますが」

「何歳から将棋を始めたのであるか」

「はっきりしませんが」

「おのがことではないか。なのに、なぜにはっきりせぬ」

「父が知りあいと指しているのを見ているうちに、いつの間にか憶《おぼ》えましたので」

「見ただけで憶えたのか」

「そのあとで、父や父の知人などに教わりました」

「今回の大会での、優勝者当ての賭けなどはやっておらぬか」

「さあ、どうでしょう」

「黙認し、放任するということであるか」

「それは、賭けをやる本人の問題ですので、席亭だからといって口出しできませんし、すべきではないと思っております」

「さきほど十歳の女児が大会に出ると申したが、その年ごろの子供が賭けをしているのがわかれば、いかがいたす」

「止めさせます」

「なぜに」

「まだ世の中のほんの一部しか見ておらず、ちゃんとした判断ができる年でもないのに、イチかバチかの勝負をすべきではないと考えるからです」

「子供でなければ止めぬか」

「止めるべきではないと思います」

「それによって、すべてが狂うかもしれぬ場合もか」

「忠告はしますが、止めることはできないでしょう」

「しかしそれは、逃げに通じぬか」

「大人は、自分で決めなければなりません。それが大人ではありませんか」

「わしを何歳と見る」

「さあ、それは」

「四十六歳だ」

天眼がなにを言いたいのかわからず、しかも本題からしだいに外れていくようで、信吾は戸惑わずにはいられなかった。仕方なく相手が喋るのを待つことにした。

「ご酒をお持ちしました」

声を掛けてから座敷に入ると、常吉は二人のまえに湯呑茶碗《ゆのみぢゃわん》とチロリを置き、一礼してさがった。

信吾が酒を注《つ》ぐと、天眼は無造作に碗を摑んで一息で飲み干した。信吾はさらに酒を注いだ。

「おもしろくねえな」

なにがなのか、なにに対してなのかが信吾にはわからない。

「と申されますと」

「将棋会所の開所一周年を記念して大々的にやるというから、あれこれ工夫して盛りあげるのであろうと思って話を聞いたが、まるでおもしろくねえ。参加料は取らねえのに、賞状と賞金を出すそうだが、一体《いってえ》いくら出す気だえ」

「まだ決めていませんが、そう多くは出せないでしょう」

「当然だあな。例えばだが、百人を集めて一人当たり二分の参加料を徴収すりゃ、いくら集まる」

「五十両です」

二百分となり、四分で一両なので計算は簡単だ。

「そうだ。優勝した者が五十両を独り占めするのでありゃ、おもしろいので瓦版が取りあげる意味がある」

「大会での優勝そのものがとても名誉なことですので、賞金は付け足し程度に考えておりました。将棋会所の壁に、優勝者と上位入賞者の名前を貼り出せば励みになるだろうと」

「瓦版が一枚四文だってことは知ってるな」

「はい、もちろんです」

「てことは、飛ぶように売れなきゃ儲《もう》けにならねえのよ」

「一周年記念だから大規模、百人以上が参加くらいでは売れませんか」

「売れる訳がないな。宮戸屋の食中り騒動のときは、浅草屈指の老舗料理屋から十何人もの食中りが出た。それだけでも売れる。もっとも狂言だった訳だが。だから深田屋と占野傘庵という医者が、宮戸屋を陥れるために仕組んだ罠だったという第二弾が、第一弾に負けぬほど売れたのよ。わかっただろう。信吾がやろうとしている大会には華がねえ、おもしろみがまるでねえ。だからこのままじゃ瓦版にはならぬ。せっかく一周年なんだから、ちったあ知恵を絞ってみろよ。師走から正月一杯を考えてると言ったな。おれも見物はさせてもらうつもりだ。そんときおもしろいと思や、瓦版に書いて盛りあげてやろう。一周年、それにしてもよく頑張ったな、くれえで満足してちゃ、そこで終わっちまうだろうよ」

　瓦版に取りあげてもらわず、むしろこのままのほうがいいのではないか、と信吾は天眼の話を聞いてそう思った。

将棋の楽しさおもしろさを多くの人に知ってもらいたいと思ってはいても、あまり関係のないところで騒がれたり評判になったりするのは、迷惑とまでは言わぬが心外であった。真の将棋好きを増やしたいと願っている信吾は、地道に、そして着実に推し進めたかったのだ。

そう思ったので、以後は瓦版書きの天眼とは当たり障りのない話に終始した。そして常吉が用意した酒を飲み終えると、天眼には引き取ってもらったのである。

常吉はすでに就寝したようであったが、信吾は日課にしている木刀の素振り、杖術《じょうじゅつ》や鎖双棍での鍛錬はおこなわずに、しばらくは坐《すわ》ったままでいた。

なぜか天眼の言った言葉が、繰り返し浮かびあがる。

「一周年、それにしてもよく頑張ったな、くれえで満足してちゃ、そこで終わっちまうだろうよ」

考えのちがいがおおきいからだろうが、天眼の喋った内容はほとんど信吾の心に残ることはなかった。ところがその部分に関しては、なぜか引っ掛かるところがあるらしく、反芻《はんすう》するのである。

長いようでもあり、瞬く間にすぎたようでもある。おぼつかないまま船出して、やがて一年になるのだ。思い起こせば実にいろいろなことがあったが、アッという間であったとも思う。

一年、長いか、短いか。

ふと、そんな言葉が心を過《よぎ》った。まさに感慨深いものがある。

天眼が瓦版に書いてくれないのは期待外れだったが、開所一周年の将棋大会を開くことにしてよかったと、信吾は思わずにいられなかった。やり終えねばなんとも言えないが、得ることが多く、以後への踏み台になるという気がしてならない。

見学は自由なので、将棋大会の参加者だけでなく、多くの人が「駒形」を訪れるだろう。そのうちの何割か何分かはわからないが、「よろず相談屋」が併設されていることに気付いてくれる人がいるはずだ。

「よろず相談屋」がもっと知られるようになれば、もう少しは困った人や悩んでいる人の役に立つことができる。

おっと、大会がまだ始まってもいないのに、甘い考えをしてはならないぞ、と信吾は自分を戒めた。

「花の御礼、つまり将棋大会に賛同して寄付してくれた方のお名前を、どうするかの件ですがね」

天眼が来た翌朝、信吾がそう言うと、甚兵衛はやっとその話が出たかという顔になった。

「廻るところはほぼ終えましたが、かなり集まりましたでしょう」

「はい。瓦版で扱ってくれたら、毎日の勝敗結果と日々の順位を『駒形』のまえに貼り出そうと思っていたのですが」

　信吾は天眼の反応を話した。ありふれているので瓦版で扱う意味がないこと、実際に大会が始まれば見物して、おもしろければ書いてもいいと、その程度の興味しか示さなかったことを、である。となれば日々の結果や順位を貼り出しても意味がないが、寄付してくれた人の一覧はなんらかのかたちで示さねばならない。

「ぺー助さんの一朱は例外として、あとは百文、二百文、三百文がほとんどですね。金額の多い順に出すのが一般的なようですが、今回は金額別の一覧にせず、いただいた順に名前を書き出すだけにしようと思うのですが」

　甚兵衛は少し考えていたが、やがてうなずいた。

「それがいいかもしれませんね。そんなことなら三百文出したのに、などとあとから言われるのもなんですから。ところでどのくらい集まりましたか。いえね、大会に出る人たちが、賞金のことを気にしてるようですので」

「いくらぐらいだとお思いですか」

「十両に届きましたかな」

　あるいは概算していたのかもしれないが、甚兵衛はほとんど間を置かずにそう言った。

隠居といえどもかつて一流だった商人は凄《すご》いと、信吾は舌を巻かずにいられなかった。

「残念ながらそこまでは。でも九両は超えました。文にして六万文を超えています」

幕府が発足当初の換算は、一両が四分、一分が四朱なので十六朱、文では四千文であった。ところが時代がさがって、このころには一両が六千五百文となっていた。そのため六万文はほぼ九両となる計算だ。

「そこで賞金ですがね、島造さんがおっしゃっていた割合が、案外といいのではと」

島造はこう言ったのである。六百文集まれば、優勝者に三百文、二位に二百文、三位に百文というふうに配分すればいい、と。それを今回に当てはめると、優勝者に三万文なので四両二分、二位が二万文で三両、三位は一万文なので一両二分となる。

黙って聞いていた甚兵衛は、少し考え首を振った。

「賞金を減らしましょう」

「なぜですか。そのために寄付していただいたのですよ」

「第二回にもこれだけ集まるとはかぎりません。思ってもいなかった出費が生じることもありますので、一部を取り置くべきです。これですと合計で九両になりますが、賞金の総額は六両でいいでしょう。三両、二両、一両で十分です。これでも参加者にとっては大金だと思います。てまえや席亭さんが懐に入れるのではないので、うしろめたく思うことはありません」

信吾の提唱した額の三分の二ということだ。なるほど年寄りの知恵というものだろう。自分はまだまだ若い、と信吾は思わざるを得なかった。

「これを寄付してくれた方のお名前一覧と並べて、壁に貼り出そうと思うのですがね」

「であれば大会初日の朝がいいでしょう。盛りあがりますよ」

「これから名簿を作りますので、できたら名前の確認を願います」

信吾がそう言うと甚兵衛は腕を組んで思いに耽《ふけ》っていたが、やがてしみじみと言った。

「席亭さん、信吾さん、あなたは凄いです。それで行きましょう。だれだって必死になりますよ。名誉がそのまま金に繋《つな》がるのですからね。これを知ったら、瓦版書きも黙っていられないでしょう」

「瓦版書きは関係ありません、主役は将棋大会の参加者です、甚兵衛さん。瓦版はそれを世間に知らしめるだけの存在です。それだけでしかないのですよ。困ったことに、本人たちは勘ちがいしてるようですが」

甚兵衛はまじまじと信吾を見てなにか言い掛けたが、なにも言わずにただ何度もうなずいたのである。

二転三転その先は

一

「まさか、いくらなんでも初日にこれはないだろう」

信吾は思わず声に出してしまった。

それまでにも受け取ることはなくもなかったが、選《よ》りに選《よ》って将棋大会の初日でなくてもいいではないか、との思いが強かったからにちがいない。

師走朔日《ついたち》の朝、伝言箱を開けると一枚の紙片が入っていた。ということは、前日の夕刻六ツ（六時）すぎから今朝までのあいだに、投げこまれたということである。

朝の日課になっている鎖双棍《くさりそうこん》のブン廻《まわ》しが調子良く、楕円になった鎖の環の繋《つな》ぎ目《め》が、いつもの速度で廻してもはっきりと見えたので、気をよくしていたところであった。

冬の朝だし、棒術などとちがって激しい連続技を繰り返す訳ではないので、体がほどよく解《ほぐ》れはしたが汗は掻《か》いていない。心身ともに爽快であった。

太さが一寸（約三センチメートル）で長さが五寸ほどの樫《かし》の棒と、それを繋いだ一尺五寸（約四五センチメートル）の鎖を折り畳むと、手際よく紐《ひも》で結んで信吾は懐に納めた。鎖双棍はヌウチクともヌンチャクとも呼ばれる双節棍《そうせっこん》を改良した護身具で、檀那寺《だんなでら》の巌哲《がんてつ》和尚から譲られたものだ。

無数とも言える連続技があるが、その鍛錬は寝るまえにやり、朝の明るいうちにブン廻しをおこなう。両端にある棒の一方を握り、頭上で輪を描くのである。繋がった鋼の鎖の繋ぎ目が見えるようになると、相手の動きが自然にわかると和尚に教えられ、毎朝おこなっていた。

鎖の繋ぎ目がいつも以上に明瞭に見えたので、なにか良いことがありそうな予感があったのだ。伝言は「よろず相談屋」の仕事に繋がるので歓迎すべきだが、将棋会所「駒形」の開所一周年記念将棋大会の、それも初日となると喜んでばかりもいられない。

伝言箱に連絡したからには緊急かそれに近く、となればすぐにも対処しなければならないということだ。しかし会の主催者が、果たして途中で抜けられるかどうかである。

なぜ昨日とか明日でなく今日なのだ、と思わずにいられない。

将棋会所「駒形」と「よろず相談屋」の看板の下に、伝言箱を吊《つ》りさげてある。相談したくても、昼間は将棋会所の客がいるので顔を出しにくいとか、あれこれと事情のある人に伝言してもらうために作った。

箱は明け六ツ（六時）と九ツ（正午）、そして暮れ六ツに開けますと書いてある。もっとも時の鐘を合図にというのではなく、朝昼晩にかならず箱を開けますよとの意味あいだ。

その日はまだ六ツには間があったが、箱を開けると紙片が入っていたのである。これが予感した良いことなのかと思いながら、取り出して開く。

「やはり」

一瞥《いちべつ》して依頼人本人からでないと直感した。

これまでもほとんどがそうであった。相談がありながら、それも深刻な相談だろうと思われるのに、一番重要なはずの名前と住まいが書かれていない。

「相談したきことがありますので、本日暮れ六ツに両国稲荷《りょうごくいなり》にお越し願います」とだけ書かれていたので出向くと、待っていたのは本人ではなく代理人であった。珍しく住まいと名前が書かれていたので、指定された日時に尋ねると、取り次ぎを頼まれた人だったということもある。

信吾が手にした紙片には、次のように書かれていた。

「相談したきことがありますので、なるべく早く連絡を願います」

そして連絡先として両国の横山町三丁目、男女御奉公人口入屋《くちいれや》松屋忠七《まつやちゅうしち》とあった。慶安《けいあん》とも呼ばれる口入屋となれば、訪ねても依頼人からの封書かそれに類した物を渡されるのは目に見えている。

将棋大会の初日なので、簡単には抜けられないし、抜けるにしてもなにかと手配しておかねばならない。問題はいつ都合が付けられるか、ということであった。

さて、どうしたものかと思案を始めたところに声がした。

「おはようございます」

小僧の常吉である。

「おはよう。随分と早いじゃないか」

「目が覚めてしまいました」

明るくなったとは言っても、六ツにはまだ間がある。常吉はかなり気が昂《たかぶ》っているようだが、実は信吾も普段より早く目が覚めてしまった。

信吾は素知らぬ顔をしてはいたが、常吉以上に胸が躍っていたかもしれない。

「そうか。今日は手習所が休みだからハツさんが大会に出るので、常吉は寝ていられなかったんだな」

「そ、そんなんじゃありませんってば」

「だったら大会に出ない常吉が、それほどソワソワするのはおかしいじゃないか。すっかり商人《あきんど》らしくなってきたと思っていたのに、まだまだ子供だな」

若年組で出るのはハツだけで、留吉さえ出ないのである。常吉は出たいのかもしれないが、主人の信吾が出ないとなると、奉公人が出してもらいたいとは言えない。だから気持のすべてが、ハツに向かうのだろう。

「おはようございます。そうじゃないかと思っていたけど、やはり信吾さんも常吉つぁんも、寝てられなかったんでしょ」

声に振り返ると、通い女中の峰が笑っていた。信吾は常吉を子供扱いしたが、峰には二人まとめて子供扱いされてしまった。

「お峰さんこそどうしました。いつもより四半刻《しはんとき》（約三十分）も早いじゃないですか」

「大事な大会の初日だもの。なにかと慌ただしくなると思ったのでね、自分家《ち》は後回しにして、こっちに駆け付けたのさ。ほんじゃ、さっそく用意に掛かるとするわ」

「ありがたい。助かります」

「お峰さんありがとう」

信吾と常吉が礼を言うと、峰は挙げた手をひらひらさせながらお勝手に消えた。

伝言箱の紙片の件が気懸かりではあったが、大会のためにしなければならないことも多い。

信吾は念のため、大会用に作った記録紙を見直した。最上段に一から順に番号を書きこんだが、最終的に百八十三番目までとなったので、枚数が十枚近くになってしまった。

参加登録を受け付けることにした十一月下旬のある日、信吾は常連客たちをまえに宣言した。

「只今《ただいま》から、将棋会所『駒形』開所一周年記念将棋大会の参加者を受け付けます。では

「一番目は、ぜひとも甚兵衛さんにお願いしましょう」

そう言って登録名簿を甚兵衛に差し出した。

「てまえからで、よろしいのですか」

遠慮がちに言ったが、「ほかにだれがおりますか」との声もあったので、甚兵衛は名前を書き入れた。

書き終えた甚兵衛が常連客たちを見渡すと、その目が素七に集まった。年齢や実力などから、その場にいた常連の記入順は自然に決まったようである。次々に記入し、常連の中では一番若い二十八歳の源八が、最後に名を書き入れた。

そのあとは常連と言うほどではないが、「駒形」に顔を見せる人たちが続いた。さらに湯屋や床屋に貼らせてもらったビラを見たとか、噂《うわさ》を聞いた人たちも次々に登録していったのである。

対局表の一段目は番号だが二段目は名前で、登録を閉め切ると、信吾はその筆頭に甚兵衛の名を記入した。続いて名簿の登録順に名前を書き入れていったが、同名の人がいたので、その場合は町名や屋号を付記した。

三段目以下に勝敗を記録するのだが、対戦相手の名前ではなく登録番号を書き入れることにした。本人が勝った場合は相手の番号のまえに○、負けたときには×を付すのである。念のために、その都度両人に確認してもらうことにした。対局者数が多いので、書きこみが一杯になれば紙を貼り足していかねばならない。

おおまかなことを常連たちの意見を容《い》れて決めると、あとは信吾と甚兵衛で相談して決めた。

かなり勝てるだろうと思って参加したものの、連敗続きでうんざりして途中で棄権する人もいるだろう。また大会のことを知って登録したのに勝てないので、途中から来なくなる人もいるかもしれなかった。

そういう人をどう扱うか、などなど、思い付くたびに二人は、処理の方法を話しあったのである。場合によっては、常連客の意見を聞くこともあった。

また実際の運行に関しても、考えねばならぬ問題が出てきた。

将棋会所「駒形」では特別な対局用に、本榧《ほんかや》脚付き四寸（約一二センチメートル）の盤と、本黄楊《ほんつげ》の漆の盛上駒《もりあげごま》を用意してある。一般客用にはごくありふれた盤と駒を二十組そろえたが、初めのころはそれで間にあっていた。

八畳と六畳の表座敷でなんとかなり、客の多い日には、板間に座蒲団《ざぶとん》を敷いて対局してもらっていたのである。ところが次第に客が増えたので二組を買い足して、信吾の居室兼寝室でもある奥の六畳座敷を、臨時の対局場として使うこともあった。

大会に備えて、信吾はさらに四組の盤と駒を買い足したので合計二十六組、五十二人が常に対局できる。特別対局用を加えれば、二十七組、五十四人ということだ。対戦相手を換えながらなので、連日、かなりの対局をこなせるはずであった。

「天気がよければ、庭に縁台を置いて対戦すれば喜ばれると思いますけど」

信吾がそう言うと甚兵衛は笑いを浮かべたが、すぐに首を横に振った。

「春とか秋のように、季節によってはいいかもしれませんが、あいにくと冬なのでそうもいかないでしょう。寒風の吹きすさぶ日もあれば、終日どんより曇りっ放しということもありますから」

若い人も増えてはいるが、それでも半数は初老以上であった。とてもではないが、縁台将棋という訳にはいかないだろう。

大会に参加しない客たちの対局も、考慮しなければならなかった。常連客の中にも大会に出ない人がいる。暇潰しに指しているような人たちで、参加しても下位を低迷するのは最初からわかっているため、なにも恥を曝《さら》すこともあるまいと考えたようだ。

月に四日の、手習所が休みの日にだけ来る若年組のことも考えねばならない。もっともハツが出るので、応援しながら観戦する者が多いという気もする。

ただしハツの祖父の具合が良くないと、来られないこともある。そのときは観戦する子もいれば、対局を楽しむ子もいるはずだ。これまでは子供同士で指していたが、力を付けてきたので大人との対局も増えている。

あれこれ考え、信吾は自室に使っている奥の座敷を、大会不参加の客用に当てることにした。そのため最大で六組はそちらに廻せる計算である。その場合は、大会は二十組四十人ということになる。若年組が来ない日には大会用に使えることもあるだろうし、その辺は臨機応変ということだ。

二

また、あとから気付いたこともあった。

参加登録は十一月末日で締め切ったが、なにかの事情でそれ以降に知った人が、参加したいと言うかもしれない。なんとしても出たいという人をどうするかについても、考えておかねばならないだろう。

今回は諦めてもらって、住まいと名前を聞いておき、第二回には忘れず連絡する。あるいは途中参加費を払ってもらって、認める方法もあった。その場合、どの程度の追加費用にするか、また遅く入っても総当たりは遵守すべきか、最初から参加している人とは別扱いにして、加わってからの勝敗だけを記録すべきか。

元旅籠町の質屋の息子太三郎のように父親から朝だけと条件を付けられた者もいれば、ほかにも出られる日がかぎられた人もいる。それらの人達には、大会参加者の全員と対局できないこともあるだろうから、師走の対戦が終わった時点でどのように扱うかを決める必要があった。

　それら思い付いたことを、信吾は手控えに書いておいた。

　峰が食事の支度をする時間を利用して、常吉が算盤《そろばん》の練習を始めた。パチパチと弾《はじ》く玉の音が、以前からは考えられぬほど速く、そして軽快になっていた。

　祖母の咲江は「あの常吉がねえ」と驚いていたが、人はなにがきっかけで変わるか、本当にわからない。

　最近では若年組に仲間ができたようで、本を借りて読んでいることもあった。信吾は担ぎの貸本屋の啓《けい》さんから、子供向けの本を借りてやってもいいと思っているが、常吉は奉公人の身ということもあって遠慮しているのかもしれない。

「二人ともお待たせ。匂いでわかったかもしれないけど、鰺《あじ》を焼いときましたよ」

「お峰さん、ありがとう」

「将棋大会の初日だろう。ちっとはアジな真似《まね》がしたかったのさ」

「アジわいながらいただきますよ」

　そう言ったときには、すでに峰の姿は消えていた。

「さあ、腹ごしらえだ。いただきます」

「いただきまーす」

「いつもよりたくさんのお客さまがお見えになるので、常吉はたいへんだろうけど頑張忙しくなる」

だから大会のあいだは、お松《まつ》に来てもらうことにした。たくさんお見えだから、常吉は
「ビラを見たり、噂を聞いたりして登録した人もやって来る。見物人も来ると思うよ。

「知らない人も来ますか」

ってもらわねばな」

両親の営む宮戸屋から、大会のあいだはお茶を淹《い》れたり、食器洗いをしてもらうため
に、奉公女の松に手伝ってもらうよう、母に頼んでおいたのである。
「お客さんがたくさんだと、履物に気を付けないといけませんね」
「そうだな。お年寄りが多いので、まちがえる人もいるかもしれない。見物人を入れる
と毎日五十人、いやもっと来るだろうから、本人たちに気を付けてもらうしかないな。
常吉は席料をもらうだけでなく、莨盆《タバコぼん》を出したり、火鉢に炭を継ぎ足したりと仕事が
いっぱいある。わたしがいないときは、甚兵衛さんといっしょに勝ち負けの記録も手伝
ってもらうから、下足番までしてもらう訳にはいかないしな」
「悪い下駄を履いてきて、柾目《まさめ》の通ったいい下駄を、まちがえた振りをして履いて帰る
人もいると思います」
信吾は思いもしなかったが、常吉はそんな心配をしていたのだ。
「そうだ、貼り紙をしておこう」

「貼り紙ですか」

「多くの方がお見えですので、履物をまちがえないようにご注意ください。そう書いておけばいいだろう」

「でも、わざとそうするつもりの人は、貼り紙をしておいても、まちがえると思いますけど」

「まちがえられたと騒ぐ人がいても、貼り紙をしてあれば言い訳ができる。そうでないと弁償しろと言われるかもしれない。いい下駄がまちがわれるに決まってるからね」

「あ、だから貼り紙を」

「狡《ずる》いやり方かもしれないけど、商人の知恵というやつかな。でも、履物の履きまちがいに気が付くなんて、常吉も商人らしくなってきたじゃないか」

　あるいは常吉の父親とか、だれか知りあいが被害にあったのかもしれなかった。それとも身近な人に、それを知恵として教えられたのかもしれない。だから、うっかりしたことは言えないのである。

「履物だけじゃないな」

「ほかにもありますか、気を付けないといけないことが」

「今日は天気がいいけど、これからふた月となると、雨や雪の降る日もあるだろう。傘とか合羽《かっぱ》のことも考えておかないといけない。土間に傘立てを置いて、壁に合羽を掛けられるようにしよう。今ある分だけでは足らなくなる」

「杖《つえ》を突いてる年寄りも」

「お年寄り」

常吉は気付いたらしく、すぐ言い直した。

「杖を突いた常連のお年寄りがいますね。初めて来る人にもいるかもしれません」

「杖か。そこまでは気が付かなんだな。ともかくお客さまに、迷惑を掛けるようなことがあってはいけないから」

「旦那さまは普段から、いろいろと気を配っているのですね」

「周りの人に教えられて、少しずつ身に付いたのだろう。子供のころは、常吉よりもぼんやりしていたから、親父《おやじ》や番頭さんに笑われたものだ。ん、どうした」と、信吾は真顔になって訊《き》いた。「信じていないようだな」

「だって、旦那さまは大店《おおだな》の」

「だから、どうだと言いたいんだい」

「おいらなんかとは、初めから」

「ちがうと言いたいのだな」

「ああ、じゃなかった。……はい」

「それは思いちがいというものだよ」

「思いちがい、ですか」

「将棋といっしょだな」

好きになって始めたばかりの将棋に譬《たと》えられて、常吉は訳がわからなくなったようである。

「将棋って」

「常吉は、将棋なんてお年寄りが暇潰しにやる、退屈なものくらいにしか思っていなかっただろ」

「はい。あ、いえ、ちがいます」

「ところがハツさんという、自分より年下の女の子が夢中になっている。それで憶《おぼ》えてやってみると、思っていたのとはおおちがいだった。こんなに楽しいものがあるのかと、びっくりしたんじゃないのか」

常吉は黙って考えこんでしまったが、不意に顔を挙げた。目に輝きが宿っていた。

「氏より育ち、というのを聞いたことがあるだろう」と言って、常吉がうなずくのを見てから信吾は続けた。「あの人は生まれがいいからだ、とか、親が金持ちだから、と人はよく言う。だがそれよりも、もっと大事なことがある。その人が、生まれてからどんなふうに生きてきたかということだ」

またしても常吉は黙ってしまった。信吾の言ったことを噛《か》み締めているにちがいない。

顔をあげたとき、目の輝きは一段と増していた。

「これから困ったことがあったり、迷ったりしたら、将棋のことを思い出すといい」

「将棋、ですか」

「つまらないと思いこんでいたのに、やってみたらびっくりするくらい楽しかっただろう」

「は、はい」

「だから思いこみや思いちがいには、気を付けなくてはいけないということだ。頭から決め付けると、見えるものが見えなくなることがあるからな。では、今日は相当に厳しいだろうが、頼んだよ、常吉」

「はい、信吾さ、じゃなかった旦那さま」

「ご飯のおかわりをしなさい。腹が減っては戦にならぬ、と言うからね」

食事を終えた信吾は、少し考えてから墨を磨《す》った。

初日ということもあって参集者は多いはずだが、登録した人のすべてが集まる訳ではない。バラバラにやって来る人たちに、いちいち説明するのも煩わしかった。だから書き出して、一番よく見える場所に貼り出すことにしたのだ。

見出しは「違反事項」とし、「次に記したことは違反となりますので、指した駒から手が離れた瞬間に負けとします」とちいさく書き加えた。

違反項目は、二歩、二手指し、筋違い、打ち歩詰め、王手放置、の五つである。二歩は、おなじ筋に歩があるのに、うっかりもう一枚歩を打つこと。長年やっている人でも、思い詰めると考えが偏って、やってしまうことがある。

二手指しは、相手の手番なのに自分の駒を動かすこと。相手が長考のときなど、「ああ来ればこう指す。こう来ればああやる」などと夢中になっているうちに、相手より先に指してしまうことがある。

筋違いは、その駒を動かせないところに進めることと、成ることのできぬ駒を成らせること。

打ち歩詰めは、持ち駒の歩を打って相手の王を詰ませることで、歩を打って王手を掛けることと、突き歩詰めは違反にならない。

王手放置は、王手を掛けられたら王が逃げるか、王手を防がねばならないのに、ちがう手を指すことである。桂馬で王手飛車取りを掛けたら、「どっこい、その手は喰《く》うものか」と飛車が逃げたので王将を取った、という笑《わら》い噺《ばなし》があるほどだ。

大会に出ようという将棋指しが知らぬはずはないのだが、万が一、悶着《もんちやく》が起きた場合のことを考えて貼り出すことにした。

信吾は参加者募集の紙を剝がしたあとに、違反事項を貼り出した。格子戸を開けて入った目のまえで、そこが一番目立つからである。

三

「なるほど、やはり貼り出しておくべきでしょうな。よく気付かれました」

一番乗りした甚兵衛は、貼り紙を見るなり感心したようにそう言った。この人も、普段より早く目覚めたにちがいない。

信吾は感心して見ている甚兵衛の肩をとんとんと叩《たた》き、八畳間を指差した。

「ほほーッ」

壁に次のような貼り紙がしてあった。

将棋会所駒形開所一周年記念将棋大会
賞金を次のように定めました
なお勝率が並べば決戦対局とします

第一位　一金参両
第二位　一金弐両
第三位　一金壱両

並べて「花の御礼《おんれい》」と大書し、今回の大会には左記のように多くの方々に協賛いただきましたので、順不同でその名を記し、深くお礼申し上げますと付記してある。

「こうしますと、多くの方々の寄付で賞金が出せることになったと、ご覧になられた方によくわかりますね」

「ところで甚兵衛さん」

大会出場者たちが来ると相談できなくなるので、機会は今しかないと信吾は打ち明けることにした。常吉が茶を出したところであった。

「実は、甚兵衛さんに話しておかねばならないことができまして。ちょうどいいから常吉にも聞いてもらおう。今朝、伝言箱に相談の依頼が入っておりましてね。間の悪いことに大会の初日ですが、相談の件はお困りだからで、当然のことですが急いでいるはずです。てまえは、切りのいいところで出掛けようと思います」

信吾は成績表を見せながら、組みあわせ方や勝敗の記録法を説明した。もっともこれに関しては手伝いの常吉に対してで、甚兵衛は承知していることであった。居るあいだは信吾がやるが、抜けたあとは二人にやってもらいたいと頼んだ。

「それから常吉」

「はい」

「昼になってお客さんが食べ物を註文《ちゆうもん》すれば、見世まで走ってもらっていましたが、大会中はそれをしなくていいです」

怪訝《けげん》そうな顔の常吉に、大会のあいだは近所の蕎麦屋《そばや》や飯屋などに、註文を取りに来てもらうように話してあるからだと言った。見世にとっても普段より多く売れるはずなので、喜んで応じてくれたのである。

「お客さん同士のもめごとは多分ないでしょうが、権六親分にも顔を出すよう頼んでますので、相談してください。わたしも相手に話を聞いたら、大会の初日を理由になるべく早くもどるようにしますので。困った場合は」と、信吾は甚兵衛に言った。「常吉に、権六親分の所に走ってくれと言えば、それだけで大抵のもめごとは収まるはずです」

「あれもありますし」と、甚兵衛は壁の貼り紙に顎をしゃくった。「将棋を楽しもうという人たちですから、おおきな騒ぎにはならんでしょう」

「だと思いますが、念のため」

ちょうどそこへ、「おはようございます」と挨拶しながら、客が格子戸を開けて顔を見せた。その後も「いよいよですなあ」「武者震いしてますよ」「あんたのは、貧乏揺りでしょ」などと言いながら、三々五々やって来る。

初日ということもあるが客たちの出足はよく、開始予定の五ツ（八時）に四半刻も間があるのに、かなりの人が集まっていた。

格子戸から入って来るなりだれもが貼り紙に気付き、続いて八畳間の賞金と「花の御礼」の名前一覧を見て、喚声あるいは歓声を挙げた。たちまちにして、「駒形」は興奮の坩堝《るつぼ》と化したのだった。

ハッは本所からなので五ツ半（九時）くらいになるが、若年組のほとんどが予定時刻よりまえにやって来た。

そして、浅草寺の時の鐘が五ツを告げたのである。

「皆さま、おはようございます。本日は将棋会所『駒形』の開所一周年記念将棋大会にご参集いただき、まことにありがとうございます。『駒形』の席亭をやらせていただいております信吾と申します。本日からおそらく、ふた月近くに及ぶ長丁場になると思われますが、どうかよろしくお願いいたします」

賞金のこともあってだろう、盛大な拍手が起きたので、信吾は深々と頭をさげた。

対局に関してはと、信吾は記録紙を見せながら、その方法や順番を登録の早い順から組みあわせること、二局目以降の決め方、勝敗の記録方法と、対局者双方に確認してもらうことなどを説明した。

「違反事項は皆さまご存じのことばかりで、お見えの折に気付かれたと思いますが」と、信吾は壁の貼り紙を示した。「あちらに書き出した五項目となっております」

当然、待ったなしで指していただく。「待った」と言っただけで負けにすべきだとの厳しい意見もあったが、当会所は将棋を楽しんでいただくための場だから、あまりギスギスしたくない。どなたかが「待った」と言っても、相手の方が「待ったはなしですよ」と軽く諌《いさ》めるだけで進めていただきたい。などと続けた。

「と申しますのは、常連の中に待ったが口癖の方がいらっしゃいまして、力がありながら口癖のために全敗されては気の毒だからでございます」

ドッと沸いたのは、その場を和ませるための冗談だとわかったからだろう。

「なお、大会に参加なさらずに対局を楽しんでいただく方には、奥の六畳に席を用意いたしましたので、そちらでお願いいたします」

何人かの客が立ちあがったので、常吉が奥の座敷へと案内した。

「それでは対局していただきますが、最初に関しましては登録番号の若い順に組んで、お見えでない方は飛ばさせていただきます」とそこでひと呼吸置いてから、信吾は客たちに告げた。「では、一番の甚兵衛さまと二番の素七さま」

甚兵衛と素七が手を挙げて最初の盤に向きあって坐《すわ》ると、信吾は三番と四番という具合に、それぞれ名前を読みあげていった。

そのようにして大会は幕を開けた。静かな中にも緊張感のある、厳かな空気が張り詰めたのであった。しかしそれは表向きで、対局者の頭の中では賞金の額が、繰り返し膨れあがっていたことだろう。

五ツ半にはハツが祖父に伴われてやって来たが、独特の雰囲気を感じたらしい。いつものような明るく弾んだ挨拶はなくて、信吾に頭をさげると、常吉の差し出した小盆に二人分の席料を置いた。

「平兵衛さんにおハツさん、始まったばかりですので、しばらく見学していてくださいますか。対局が終わったら、順に組みあわせを考えますから」

平兵衛とハツはうなずくと、対戦する盤上に目をやり、いくつかを見てから観戦する対局を決めたようである。若年組のだれかがハツに賞金の件を耳打ちしたようで、しばらくささやき声があったが、間もなく静かになった。

さすがに大会の対局である。私語もなければ呻《うめ》きやつぶやきもない。咳《せき》をする人もいない訳ではないが、いつもより少なかった。たまに溜息《ためいき》が漏れるくらいである。

信吾はときおり、ゆっくりと八畳間、六畳間、そして板の間を見て廻った。熱気に溢《あふ》れる盤上の戦いだけではない。出場者の中には坐った横に、頭陀袋《ずだぶくろ》や風呂敷包みを置いた者がいたからだ。注意はしているだろうが、勝負に夢中になるとつい忘れてしまうかもしれない。主催者が見て廻るだけでも、多少の効果はあると思ったからである。

「席亭さん、終わりました」

一番に声を挙げたのは、髪結の亭主で「駒形」の常連の源八であった。相手は常連というほどではないが、ときどき顔を見せる男である。

信吾は「駒形」に来る客を自分なりに上中下に分け、上が一割、中が二、三割、下が六、七割と見ていた。源八の相手は下の力量ということもあって、四半刻も持たずに投了したのだ。

信吾は成績表の二人の登録番号と勝敗を、双方に確認してもらった。

となると次の対戦をどうするかだが、信吾は表を見ながら言った。

「おハッさんと源八さん、対局していただけますか」

「えッ」

ハツと源八が同時に声を挙げた。

「いい勝負が期待できそうですね」

信吾の言葉に色めき立ったのは若年組で、なんとも複雑な顔をしたのは源八である。

二十八歳の髪結の亭主が、十歳の女児に負けては面目次第もないではないか。

「総当たり制なので、いずれ対戦しなければなりませんから」

信吾がそう言うと、源八はいつになく歯切れが悪い。

「だよね。そうだけどね。それにしても応援が多いから、おハッさん一人とじゃなく、二十人と戦わねばならんのとおなじで、相当にきついよ」

「棄権する、つまり投げることもできますが、戦わずして負けとおなじ扱いになります」

信吾がそう言うと、源八は情けなさそうな顔になった。

「席亭さん、気楽に言わんでくれよ」

「失礼しました。席亭の立場を忘れて、うっかり」

「なお悪いよ」

「あのう」と、ためらいがちに言ったのは平兵衛であった。「もしも源八さんが、孫が相手ではやりにくいとおっしゃるなら、てまえが代わりにお相手いたしましょうか」

「源八さん、どうなさいます」と、信吾は訊いた。「平兵衛さんが、気の毒に思われたのでしょうが、そう言ってくれてますが」

「最近では孫に勝てませんので、てまえではご不満かもしれませんが」

「お気持はありがたいが、平兵衛さんとはのちほどということで、おハツさんと願いましょう」

「お、さすが髪結の亭主」

一つ置いた席で対局していた平吉が冷やかしたので、常連たちから笑いが漏れた。源八が苦虫を嚙み潰したように顔を顰《しか》めたので、さらに笑いが起き、源八はすっかり気分を損ねて仏頂面になった。

活気づいた若年組が対局の場に集まったので、たちまちざわわし始めた。信吾は親分格の留吉に言った。

「勝負の邪魔になるから、静かにしてないとだめ」

「でないと席料もどして帰ってもらうぞ、だよね」

留吉の言葉に若年組は沸いたが、信吾が睨《にら》むとだれもが肩を竦《すく》めた。

ほかの対局者たちの緊張のためだろう、たちまちにして厳粛な空気にもどる。

信吾は源八に負けた男には、平兵衛と対局してもらうことにした。

半刻をすぎたころから、ぼつぼつと勝敗が決し始めた。総当たり制なので、かならずしも同等の力量ばかりでなく、差がある組みあわせとならざるを得ないこともあるからだ。

勝敗を記録して対戦者に確認してもらうと、信吾は記録紙を見ながら、なるべく登録番号の近い順に組みあわせを決めていった。

今回は第一回なので総当たり制にしたが、力量差がありすぎてはおもしろくないので、不満が出そうだという気がした。大会が終われば順位も決まるので、次回は上中下の三つの級に分けたほうがよいかもしれない。例えば一位から五十位、五十一位から百位、百一位以下のように。

しかしそれでは下だけが多くなる。割り切って単純に三等分し、今回であれば百八十三人なので、六十一人ずつの上中下に分けてもいいのではないだろうか。

大会が終われば今回の参加者の順位は決まるが、第二回から新たに加わる人の力は不明なので、どう扱うかが問題となる。また上中下に分けても、それで固定できる訳ではなかった。次の回から入れ替え制にしなければ、力を付けた者は不満を抱くだろう。

三つの級に分ければ、総当たり制にしても対局数は減る。だから上の下位五人と中の上位五人、中の下位五人と下の上位五人の各十人ずつで総当たり戦をおこない、それによって入れ替えてはどうだろうか、などと信吾はあれこれと思うのであった。

もっとおおきな問題に信吾は気付いていた。多人数の総当たり制にしたので、参加できない人が予想以上に多かったのである。「鶴の湯」のあるじに言われたときにはさほど感じなかったが、以後もあちこちで言われたのだ。

考えてみればもっともであった。働いていれば、簡単に時間が作れるはずがない。常連は商家の隠居や二、三男坊が多かった。それ以外では、腕に自信があっても参加できないのだ。

おおきな課題である。

今回は第一回なので、その結果を見てから考えるとしよう。

参加した人の順位は出るのだから、第二回目からは上位十人の総当たり戦で第一位を決めるのがいいかもしれない。十一位以下とか、大会に出なかった人でわれと思わん者は追加参加料を出すようにして、それを賞金に加算すればほとんどの人が納得するのではないだろうか。

あるいはその方法で夜間におこなえば、昼間はむりな人も出られるのだ。ともかく今回はようす見の会と考え、結果をもとに話しあって決めることにすればいいだろう。

空気が動いたのは、四ツ（十時）の鐘が鳴ってほどなくである。格子戸を開けて入って来た権六親分は、しばらく黙ったままゆっくりと見廻してから言った。

「そう言えば今日が初日であったな。大会だけあって、さすがにいつもとはようすがちがうぜ」

普段とはまるで異なった、押し殺したような声である。

いつもとはちがうと言ったが、ちがっているのは権六のほうであった。普段は懐に忍ばせるか腰帯の背中に差して羽織で見えなくしている十手を、これ見よがしに帯のまえに差していた。

それだけではない。「駒形」に来るときは一人のことが多いのに、今日は子分を引き連れていた。それも浅吉《あさきち》だけでなく、新しい二人の子分もいっしょであった。

将棋大会の初日のこの時刻に、しかも子分三人を連れてとなると、なにか考えがあってのことだろうと思わざるをえない。

「親分さん、ご苦労さまです。わざわざ、お運びいただきまして」

親分さんという言葉が耳に入ったからだろう、指している何人かが権六に目をやって、たちまち岡っ引だとわかったらしい。「駒形」の常連は目礼し、初めての客や権六を知らぬ見物人はすぐに目を伏せた。

「信吾、なかなか盛況だな」

「お蔭《かげ》さまで、多くの方にお集まりいただきました」

「盛況はええが、気を付けんとならねえぜ」

「と申されますと」

「こういう催しをねらって、置き引きとか懐ねらいの輩《やから》が出没するからよ」

そう言って権六は信吾に身を寄せて声をひそめた。というのは形だけで、わずかにちいさな声になっただけである。ということは、その場の連中の耳に入れるのが本来の目的ということだろう。

「油断しちゃならねえってことだ。以前、置き引きをしたことのあるやつが紛れこんどる」

権六のねらいが読めたので信吾は調子をあわせ、いかにも驚いたというふうを装った。

「本当ですか。ですが、そうしますと」

「怪しいというだけでは縄にできんのだ。それに、事に及んだときにしか捕らえられんのだよ。だから、せいぜい気を付けろとしか言えん。ま、おれもなるべく顔を出すようにはするがな」

「よろしくお願いいたします」

「ほんじゃ、せっかくのところ邪魔したたな」

そう言ってから改めて屋内を見廻した権六が、ちいさな目をいっぱいに見開いた。

「こりゃ魂消《たまげ》た。なんとも豪気じゃねえか」

八畳間の貼り紙に気付いたのである。

「それにしても、寄付を集めやがったな。これも信吾の人徳ってやつか。恐れ入谷の鬼子母神たあ、このことだ」

権六は何度も首を振りながら、手下《てか》の三人をうながして格子戸から出て行った。

新たな緊張が、その場を支配しているのがわかった。素知らぬ振りはしているが、だれの耳にも届いていたはずだ。

これまでの権六を知っている信吾は、多くの人が集まり、得体の知れぬ者が紛れこんでいるかもしれないので、注意するに越したことはない、との忠告だろうと思った。普段は隠している十手をわざと見せたとか、手下の全員を連れて現れたのはおそらくそのためにちがいない。

単に注意を喚起しただけなのか、それとも本当に置き引き犯が紛れこんでいるのかは、信吾にはわからない。いるとすれば見物人だろう。大会出場者は住まいと名前を控えてあるからだ。もっとも、だれもが正しく書いているとはかぎらないが。

権六に釘《くぎ》を刺されたので、もしもいたとしてもそいつは迂闊《うかつ》に動けないはずだ。急用を思い出した振りをして帰ったりすると、怪しいと思われるのがわかっていて、どうして動けるだろう。もし姿を消すとしたら、昼飯に出てそのまま帰らぬようにするかもしれないが、だからといって怪しいやつだとは断定はできないのである。

勝負は淡々と、しかし厳粛に進められていった。

そして昼が近付くと、食欲を誘う匂いが漂い始めた。将棋大会の噂を知った二八蕎麦屋が、天秤棒《てんびんぼう》の前後に巨大な箱になった荷を掛けてやって来て、「駒形」のすぐ近くで出汁《だし》を温め始めたのである。

ときをおなじくして、近在の蕎麦屋や飯屋から註文取りが姿を見せた。

勝負が着いた者たちが、二八蕎麦を喰ったり店屋物を頼んだりし始める。決着が着くまで盤側を離れぬ者もいれば、話しあいで指し掛けとし、勝負を食後に持ち越す者もいた。気分転換に喰いに出る者もいる。

食事と休憩で、四半刻か半刻は特になにも起こらないだろう。とすれば今しかない。

信吾は甚兵衛に言った。

「てまえは例の件で出掛けることにします」

「すぐ、出られますか。腹ごしらえをしてからになさったらいかがです」

「なるべく早く連絡をとのことですのでね。あとをよろしく頼みます」

「わかりました。お任せください」

空腹ではあるが、そんなことは言っていられない。信吾が「駒形」を出ると、蕎麦の出汁が一段と強く匂って腹が鳴った。蕎麦屋が団扇《うちわ》で煽《あお》いで、足した炭を熾《おこ》していた。

四

よろず相談屋のある黒船町から日光街道を十五町（一・六キロメートル強）ほど南下すると、信吾は神田川を渡り、浅草御門を抜けて両国広小路に出た。横山町三丁目の口入屋「松屋」は、そこから二町（二〇〇メートル強）ほどしか離れていない。

「信吾さまではございませんか、よろず相談屋の」

見世に入るなり声を掛けられたので、信吾は軽い驚きを覚えた。煙管《キセル》を手にした、恰幅《かっぷく》のいい五十年輩と思われる男が笑顔を向けていた。満面に笑みを浮かべているが目は笑っていない。

「よくおわかりで」

「目の配りに余裕があって、仕事を探してるようには見えませんでしたからね。なにしろ身装《なり》がちがいまさ」

これまで厭《いや》になるほど人を扱ってきた口入屋である。となると、ひと目でわかって当然かもしれない。しかし、世間知らずの若造めが、と舐《な》められるのも癪《しゃく》であった。

「するとあなたが忠七《ちゅうしち》さんですね。でしたら預かっている物をいただけますか」

「えッ、なにをですかな」

わかっていて惚《とぼ》けているのである。

「慶安なら人の出入りも多く、都合のいい隠《かく》れ蓑《みの》になりますから、先方も頼み易《やす》かったのでしょう」

「なにがおっしゃりたいのやら、とんと、てまえには」

「松屋さんのお得意さんに頼まれたのでしょうが、お困りゆえの相談ですから、てまえとしましては早急にお話を伺わねばなりません。先さまから預かっているなにか、おそらく封書でしょうが、それをお渡しいただければと思いましたものですから」

「ということはてまえ松屋忠七が、相談のため信吾さまに来ていただいたのではない。つまり依頼主ではないとお考えのようですな」

「伝言を見てそう思いましたが、見世に入るなり声を掛けられ、お顔を拝見しまして、そう確信しました」

「確信ですか。これは驚きだ。どういう訳で確信されたのか、お訊きしたいものです」

「このようなお仕事をされている以上、迷いや悩みもおありでしょう。ですがあったとしても、松屋さんはてまえなどには相談なさらないはずです」

「それはまた、どういう理由で」

「悩みごとや迷いは、すべてをご自身の力で解決してこられたお方だと、お見受けいたしました。これからもまちがいなく、そうなさるでしょう」

「えらくはっきりと申されましたが、なにを根拠にそこまできっぱりと言えますかな」

「お顔です。自信が漲《みなぎ》ったお顔をなさっている。そういうお方がてまえのような雛《ひよっこ》に相談なさるとは、とても思えません。となれば、どなたかに頼まれて仲介の労を取られたということになります。それに一番ふさわしいお方ですからね」

「ふさわしい？　なぜそう言えますかな」

「口入屋の松屋さんだからです」

「口入屋だから、とは」

「商家のご主人あるいは職人の親方に、数多《あまた》の奉公人を仲介してこられました。見世や仕事にとって一番いいと思う奉公人を、世話なさいます。裏表がなくて長続きする、相手のほしがっている奉公人を世話するからこそ、依頼人に信頼されるのでしょう。ですから、てまえとの仲介を頼まれたのだと思いました。つまり松屋忠七さんならうまく取り持ってくれるはずだと、思われたにちがいありません」

くしゃッと、一瞬にして忠七の顔が崩れた。

「さすが信吾さんだ。先さまのお眼鏡に適《かな》いました」

「どういうことでしょう」

慎重にならねばならない。少し、いやかなり高飛車に出たのに、忠七は不快を顔に出さずに、さらりと受け流したのである。

長い年月、慶安として世渡りしてきた男だけのことはある。信吾には到底、太刀打ちできそうにない。

「将棋大会は、なかなか盛況のようですな」

問いには答えず、忠七は話題を変えた。

「お蔭さまで。今日が初日なのにそれがおわかりとは、さすが松屋さん」

にこやかに笑ったが、やはりな、と内心では納得してもいた。依頼主は信吾がどう反応するかを、忠七に試させたにちがいない。信吾の応じ方次第で、どうするかを決めようということだろう。

「主催されていて、しかも初日となればさぞや繁多でしょうに、よくぞ来ていただけました」

「相談したきことがありますので、なるべく早く連絡を願います、とありましたから」

「よろず相談屋さんとしては、おろそかにはできないと」

「当然ではないでしょうか」

忠七は先刻よりもさらに激しく相好を崩し、まさに噴き出さんばかりになったが、辛うじてそれを抑えたようである。

「どっちもどっちで、鍔迫《つばぜ》りあいの好勝負。こいつぁ愉快でたまらんね」

「とおっしゃると、先さまがお考えの一部を、洩《も》らされたということですね」

うっかり、企みの一部をと言うところだった。危ない危ない。

「ご明察。伝言箱に入れたのはあっしが書いたものだが、文句を考えたのはあちらさんでね。あっしは言われたとおりに書きやした。で、あちらさんはこうのたもうた。信吾という男は、よろず相談屋をやりながら将棋会所も開いている。その一周年を記念して将棋大会をやるのだが、師走の朔日が初日だ。伝言箱は明け六ツと正午、それに暮れ六ツに開けるとのことだから、今晩のうちに投げこんでおくように」

まちがいない。こちらがどう出るか、お手並み拝見ということだったのだ。

「明るいうちに来れば見込みがあるからこれを渡し、日が暮れてから来たら、あの話はナシになったと言うように、とでも」

信吾がそう言うと忠七はニヤッと笑った。

「ご明察」

二度目ですねと言いかけて、なんとか呑《の》みこんだ。

「ではそれをいただけますか」

忠七はうなずくと、背後の小簞笥《こだんす》の抽斗《ひきだし》を開けて封をした書面を取り出し、ちょっと額の辺りに持ちあげて拝んだ。そして向きを変えて信吾のほうに滑らせた。手に取り、やはり額の上で一礼する。裏を見ると墨黒々と「緘《かん》」と認《したた》めてあった。いかにも芝居掛かっているではないか。

「お持ち帰りになられますか。それとも」

言われて忠七を見ると、いつの間に取り出したのか鋏《はさみ》を差し出していた。気になるだろうから読んだらどうですか、と言いたいのである。すなおに受け取って封を切り、斜め読みして忠七に見せた。

こうあった。

十日もすれば将棋大会も落ち着くはず
二人で一献傾けようではありませんか
詳細は伝言箱に入れると致しましょう

一目見て忠七は噴き出した。

「この勝負、引き分けと見ました。あの人と渡りあえるのだから、信吾さんはたいしたものです」

「となれば大会をそのままにしてはおけませんので、てまえはもどります。ともかくおもしろいのですよ。勝負になると、人は自分を剝《む》き出しにしますから」

頭をさげて出ようとすると忠七が言った。

「信吾さん」

言われて振り返ると忠七が真顔で見ていたが、今度は目が笑っていた。

「浅草の黒船町は両国とそう離れている訳じゃない。通り掛かったら声を掛けてくださいよ。相談屋と口入屋、まんざら縁がない訳でもありませんんでね」

「楽しいお話を聞かせてもらえそうですね。ときどき寄せてもらいます」

愛想よく言いはしたが、心は十日後に向いていた。依頼主に、どこか寸瑕亭押夢に似た雰囲気を感じたからである。相談の内容がなんであるかは見当もつかないが、常におもしろいもの、楽しいものを求めている人物だという気がしてならない。

忠七と話した時間を入れても、往復に半刻も掛からなかったからだろう、二八蕎麦屋はまだ商い中で、立ったままで食べている客がいた。

信吾が格子戸を開けて屋内に入ると、甚兵衛は食事を終えたらしく茶を飲んでいた。

「甚兵衛さん、ありがとうございました。変わったことはありませんでしたか」

そう問いながら、信吾は「駒形」の空気がある種の緊張状態にあるのを感じていた。

「ええ、特に。特には、と言ってよろしいでしょう」

八畳間に若年組が集まっていて、チラリと信吾を見たらしいのが、そちらを見なくてもわかった。どうやら興奮を押し殺しているらしい。それに甚兵衛の「特に」の言い廻しからすると、信吾にはなにがあったかがわかったのである。

甚兵衛が続けた。

「それにしても随分と早かったですが、片付きましたので」

「取り敢《とあ》えず連絡して、先さまはてまえが受けるかどうか、まずそれを知りたかったようでしてね」

「で、お受けなさる」

「そのつもりです」

「一体どのような」と言ってから、甚兵衛は首をすくめた。「と申して、話す訳にはまいりませんわな」

「なにに対するどのような相談かは、後日、日時と場所を連絡してくるとのことですので、それまでてまえにもわかりません」

「でありながら受けられた」

「ええ。なんとなく、おもしろくなりそうな気がしましたのでね」

「なんとなく、気がしました、ですか。それで受けるなんて、てまえには席亭さんの、いいえ、近頃の若い人の気が知れません」

「相手のお方は、今日が将棋大会の初日だとご存じでしてね」

「すると、指される方なんですか」

「かもしれません。案外、今回の大会に登録されていたりして。甚兵衛さんも、対局することになるかもしれませんよ」

なんとも複雑な顔になったが、甚兵衛はそれ以上はなにも言わなかった。

「では蕎麦を手繰ってまいります。なにしろ両国広小路まで往復しましたので、腹ペコですから」

常吉がそろえてくれた下駄《げた》を突っ掛け、信吾は外に出た。

信吾が蕎麦を喰っていると、留吉がさり気ないふうを装いながら近付いて来た。若年組を代表して、ということだろう。

「おハツさんが勝ったようだな」

「えッ、なんで知ってるのですか」

「おハツさんが勝ちました、と留吉の顔に書いてある」

あわてて顔を撫《な》でてから、からかわれたと気付いたらしく、留吉は恥ずかしそうに顔を赤らめた。

「大会は来年もやるんでしょう」

「さあ、どうなるかだが」

留吉の言いたいことはわかっているのに、信吾は意地悪な言い方をした。

「絶対にやってください、第二回。いや、毎年」

「えらく鼻息が荒いではないか」

「おいら、出たいんです。ほかのみんなも、ほとんどが出るって」

「だったら、もっと強くならんとな」

「なります」

「言うのは簡単だが」

「やってください。やってくれるでしょう」

「今回が終わってからだな、決めるのは。やったほうがいいか、やらなくていいか。なぜって始まったばかりじゃないか。大会そのものが、どうなるかわからんのだぞ」

「やらなきゃだめです」

留吉は顔を真っ赤にしている。それだけでもおこなう意味はあると信吾は思った。子供は、若い者は、ちょっとしたきっかけで、信じられぬほどの伸びを見せることがあるのだ。せっかくのやる気を殺《そ》いではならない。

信吾は今回を盛り立て、第二回に繋げたかった。しかし迂闊に断言する訳にいかない。

「やれるといいな」

「やりましょう。やってください。やらなきゃだめです」

「やってみなければ、わからぬものですね」

信吾がそう言うと、甚兵衛はしみじみと言った。

「ええ。おハッさんには驚かされました」

信吾はハッが源八に勝ったことを言ったのではなかったし、それほど驚いていた訳ではない。源八は信吾の級分けでは、上の下か中の上である。ハッは「駒形」に通うようになってほどなく、相手が油断したためもあったが源八と同等の男を負かしたことがあった。

「おハッさんにはたしかに驚かされましたが、初日からこれほどのバラつきが出るとは、正直なところ思ってもいませんでした」

五

夕刻の七ツ（四時）まえごろから、勝負を終えた客が帰り始めた。自分の対局が終わっても、やがて対戦することになるので、他人《ひと》の勝負を観戦する者もいた。それでも七ツ半（五時）には、すべての戦いのケリが着いて、参加者は帰って行った。

信吾と常吉は翌日に備えて盤と駒をていねいに拭き清めたが、甚兵衛がそれを手伝ってくれた。

「師走と睦月《むつき》で終えるためには、毎日来ても相当な番数をこなさねばなりません。終えられますかね」

単純に計算しただけだが、信吾はその思いに囚《とら》われていた。

なによりもおおきな点は、人によって対局時間に予想以上の差が出たことである。

「正午までの二刻（約四時間）で四番とか五番を終えた人がいるかと思うと、最初の一番の決着が着かずに午後に持ち越した人がいたでしょう」

信吾がそう言うと甚兵衛は首を傾《かし》げた。

「かと言って、普段から深く考えることがなくて指し手の早い人は、大会だからといってゆっくり指すことはできませんからね」

「そういうことです。早指しが習慣になっている人同士の対戦になると、あるいは力に差がありすぎると、半刻も掛かりません」

「だからといって、時間を掛けて指してくださいと言う訳にいかないし、言ってもできることではないですから」

「長考が癖の人に、何刻までに終えてくださいとの制限もできませんし」

甚兵衛と話していながら、信吾は自問自答しているような気になっていた。

力量のある人ほど、対局に時間が掛かっているようだ。「駒形」の客で言えば、信吾が上中下の上に属すると見ている人たちがそうである。

今回初めて参加した人にしても、傾向はおなじで、力量のある人は対局に時間が掛かっていた。早指しが得意で強い人もいないではないが、極めて稀《まれ》であるし、そういう人でも相手が強ければ、それなりに時間が掛かるのである。

「たしかに力のある者同士では、どうしても長くなります。ですが相手が弱ければ、それほど掛からぬでしょうから」

甚兵衛は信吾ほど心配してはいないようだ。信吾は主催者ということもあって、気にしすぎるのかもしれなかった。

「そうですね。初日ですから、その日だけのことで判断せずに、もう少しようすを見ましょう。五日、十日と日が経《た》てば、それなりのこともわかるでしょうから」

「もうちょっとのんびり構えないと、判断を誤りかねませんよ」

甚兵衛の意見にも一理あると思う。

「なにしろ初めての大会ですから、あまりピリピリせぬことですね」

ますます自問自答だ、と信吾は苦笑した。

その夜、信吾は棒術、木剣の素振りと型、そして鎖双棍の鍛錬をせずに蒲団に潜りこんだ。大会初日ということもあって、心身ともに疲労困憊《ひろうこんぱい》していたらしい。客のいるあいだは気が張っていたようだが、湯屋からもどって食事をすると一気に疲れが出たのである。

翌朝、ブン廻しをしようと思ったところに常吉が起きてきたので、鎖双棍をあわてて懐にもどした。いつかは気付かれるかもしれないが、それまでは隠しておきたかったからである。

「ぐっすり眠れただろう」

「はい。旦那さまも」

「ああ。朝まで一度も目が醒《さ》めなかった。昨日は初日ということもあって、体はともかく気疲れしてたんだな」

「常連さんの席料を、月極《つきぎ》めにしてくれてたので助かりました。でないとまちがえたり、もらい忘れたりしたかもしれません」

「駒形」は基本的に休みなしだが、信吾が終日出られない日があれば、予《あらかじ》め「何日は臨時にお休みをいただきます」と貼り紙をすることにしていた。しかし今のところ一日も休んでいない。信吾は若いし、体を使う訳でもないので、休む必要はなかったのである。

常連の顔触れが決まってくると、来るたびに席料を払うのは面倒くさいということで、ほどなく月払いとしたのであった。一日二十文だが、二十日分四百文を先払いすると、その月中は出入り自由ということにした。中には月に二十日来ない人でも、毎回払うのは邪魔くさいのでと月極めにした人もけっこういる。

そのため手習所が休みの日だけの若年組や、ときおり顔を見せる人、ビラや噂で大会のことを知って申しこんだ人からだけもらえばよくなったのである。とは言っても、見物だけの人からももらうので、大会中はかなりの数になる。

「信吾さんに常吉つぁん、おはよう」

峰が声を掛けながら入って来た。

「あれ、今日は初日じゃないですよ」

「いろいろ考えたけど、大会のあいだは毎日こっちを先にすることにしたのさ」

「申し訳ないですね。こちらは大助かりで、ありがたいけど」

「気にしなさんな。でないと、あたしのほうが落ち着かないのよ」とそう言ってから、峰は好奇心を剝き出しにした。「ねねねねね、賞金が凄《すご》いんだって？」

「いろんな人が寄付してくれましたから」

「信吾さんは出ないの」

「てまえは席亭で、会を催してるほうですからね」

「そっか。出られたら優勝できるのに、残念でしょ」

峰がお勝手に消えると常吉もいなくなったが、すぐに算盤を持ってもどった。奉公人用の部屋は三畳と狭く、北向きで暗いからだろう。

念のために伝言箱を開けてみたが、紙片は入っていなかった。

担ぎの貸本屋の啓さんから借りた本を読む信吾の横で、常吉は算盤珠《そろばんだま》を弾いていたが、やがてその音が途絶えた。おやッと思って見ると、常吉がじっと見あげていた。

「留吉さんが、来年は出たいと言っていました。おハツさんが源八さんに勝ったからだと思います。ほかのみんなも出たいって」

「常吉も出たいんじゃないのか」

「だって、あたしは」

「奉公人だから、か」

「席料をいただいたり、履物をそろえたり、莨盆を出したり」

「火鉢に炭を足さなきゃならないしな」

しばらく間があってから、算盤を弾く音がし始めた。

できれば出してやりたいが、雑用が多いので難しいだろうなと思う。

食事を終えたところに、甚兵衛と松がいっしょにやって来た。連れ立ってというのではなく、途中で出会ったらしかった。

松が茶を淹れる用意を始めると、早くも客が来始めた。

初日は挨拶もあったので、主なところが揃《そろ》うのを待って五ツきっかりに開始したが、二日目からはその必要がない。信吾は成績表を見ながら来た人たちを順に組みあわせていった。

前日、初戦に楽勝しながら二戦目にハッツに敗れた源八は、三戦目にハッツの祖父平兵衛に勝ち、辛うじてではあるが面目を保つことができたのであった。

まだ二日目だが、総当たり制ということもあって、昼前になると早くも勝負の運不運が出始めたようである。比較的与《くみ》しやすい相手が続いたために、連勝して勢いに乗れた者もいればその逆もあったということだ。

前日に権六親分が睨みを利かせたからかもしれないが、懐物をねらわれたとか、置き引きされた者はいなかった。

信吾は成績表を携えて、ゆっくりと八畳と六畳の表座敷、そして板の間を見て廻った。ふしぎなことに黙って指しているだけなのに、醸し出す雰囲気で上手い下手がわかるのである。上位の常連客以外にも二、三人、かなりの腕の持ち主がいるのがわかった。

もちろん、頭陀袋や風呂敷包みなどにも注意する必要がある。被害に遭えば本人の不注意ということになるが、主催者としては客に不愉快な思いをさせたくなかったからだ。

見物人は将棋の心得のある人がほとんどで、熱心に観戦していたが、中には変わったことを始めたらしいとの噂を耳にして、覗《のぞ》きにきた野次馬もいない訳ではなかった。もっとも将棋がわからなければおもしろいはずがなく、そういう人はいつの間にか姿を消していた。

昼近くなって食欲をそそる匂いがしたが、今日は蕎麦屋だけでなく饂飩屋《うどんや》も来ていた。どちらも天秤棒で前後に分けた巨大な荷を担いでいた。近所の飯屋などからの註文取りもやって来て、いくらかではあるが騒々しくなった。

浅草寺の時の鐘が正午を告げたので、信吾が念のために伝言箱を開けると、なんと紙片が入っていたのである。

例によって住まいも名前も書かれていないが、両国の口入屋松屋忠七を通じて連絡してきた人物であった。あの折には、「十日もすれば将棋大会も落ち着くはず」だから一献傾けようとのことであったが、明後日の暮れ六ツでどうだろうとの打診であった。

人目があるので、信吾はすばやく紙片を懐に入れた。

忠七を訪ねてから三日後、つまり六日も早まったことの事情は、おそらくこういうことだろう。

あの日、忠七は直ちにその人物に、信吾に会ったときのことを報告したにちがいない。すると信吾が依頼主に、寸瑕亭押夢に似た雰囲気を感じたように、相手も信吾に興味を持った可能性が高い。いや興味を示したからこそ忠七を通じて連絡してきたのだが、その後の信吾との遣《や》り取《と》りを聞いて、予定を早めて会う気になったのだろう。

「鬼瓦が来たであろう」

伝言のことで頭が占められていたらしく、声に驚いて振り返った。瓦版書きの天眼が、唇の端を捩《ね》じるようにして信吾を見ていた。首を縄で縛った徳利《とつくり》を提げている。

「親分さんにお会いになられましたので」

「いや。この一帯はやつの縄張りだ。これほどの騒ぎに顔出ししないはずがねえからな」

「親分さんは、昨日お見えになられました。天眼先生にもお越しいただけると、楽しみにしていたのですが」

「嘘《うそ》を吐《つ》け」

やはり見破られたようだ。

前日、客たちが帰ったあとで、そういえば顔を出すと言っていたが天眼の顔を見なかったな、くらいにしか感じなかったのである。

「信吾は目いっぱいのつもりかもしれんが、これくらいのことはだれだって考えるわな」

八畳間の貼り紙を見たのか、あるいはだれかに聞いてようすを見に、それとも冷やかしに来たのかもしれなかった。

「ちったあ工夫してると思ったが、まるで考えちゃおらん。ただの将棋会で、おもしろみがまるでねえ」

吐き捨てると、天眼は上《あ》がり框《がまち》に腰を据えた。

「お茶をどうぞ」

松が湯呑茶碗《ゆのみぢゃわん》を差し出すと天眼が言った。

「茶なんぞいらねえよ、これがあっからな」

酒徳利を持ちあげてから下に置くと、天眼は湯呑茶碗を摑《つか》んで、茶を土間に捨てた。

「こいつぁ、借りるぜ」

松がちらりと見たので、信吾はうなずいてさがらせた。

「しばらく見物させてもらおう。心配そうな面ぁすんな。邪魔はしねえからよ」

天眼は徳利の栓を抜くと酒を注《つ》いで呷《あお》った。

「どうかごゆっくり、天眼先生」

そう言って信吾は自分の仕事にもどった。

厭《あ》きてしまって、ほどなく消えるだろうと思っていたが、天眼は対局を見るでもなく、ちびりちびりと飲み始めた。

六

「おうおうおう、ふざけんじゃねえぞ。将棋を指さねえのに、なんで金を払わにゃならんのだ」

声のしたほうを見ると、得体の知れぬ風体の男をまえに、常吉が真っ赤な顔をして、盆を胸に抱えて突っ立っている。

信吾はなにはさて置き駆け寄った。

「お気に障りのこともございましょうが、皆さまの迷惑となりますので、どうかお静かに願います」

「なんだてめえは」

ジロリと睨んだ目が濁っており、顔が赤いのは一杯引っ掛けているからだろう。無《ぶ》精髭《しょうひげ》も月代《さかやき》も伸びたままだ。二十代の半ばだと思われるが、なにかというと騒ぎを起こして金をせしめようとする、破落戸《ごろつき》の類らしい。

信吾はにこやかに笑い掛けた。

「当将棋会所の席亭でございます」

「席亭だと。あるじか。やけに若《わけ》えじゃねえか。あるじだったらおめえに文句がある。この小僧が席料とやらを払えとぬかしやがった」

「それが決まりとなっております」

「そんな馬鹿なことがあってたまるか。将棋を指さねえのに、なんで金を払わにゃならんのだ」

対局者たちは指すのを止《や》め、緊張した表情で信吾とならず者を見ている。顔を蒼白《そうはく》にして、腰を浮かせた者もいた。平然としているのは、御家人崩れらしいと噂されている権三郎だけだ。

　いやもう一人いた。ちらりと横顔が見えたが、上がり框に腰を据えた天眼は、酒の入った湯呑茶碗を手に、あらぬ方向へ目をやってにやにやとおもしろがっているようだ。

「お客さまは、将棋をご存じではないようでございますね」

「な、なにを。馬鹿にするな」

「将棋は指して楽しいものですが、他人さまが勝負するのを見ても楽しめるものでございますよ。ですので見物だけのお客さまからも、おなじように席料をいただいております。それがおわかりでないので、ご存じではないようだと申しました」

「桂馬《けいま》の高飛び歩の餌食、つうだろ。ヘボ将棋、王より飛車を可愛《かわい》がり、てのもある」

「これは失礼いたしました。ヘボ将棋」と、そこで切ってから信吾は続けた。「をご存じということでしたか」

「なにをぅ。妙なところで切りやがって、馬鹿にされちゃ勘弁ならねえ」

　その場の人たちには、破落戸が目にも止まらぬ早業《はやわざ》で鉄拳を信吾の顔面に叩きこんだ、と見えたかもしれない。だが毎朝のように鎖双棍のブン廻しでひたすら見る鍛錬をしている信吾には、男が拳を握って腕をゆるやかに伸ばした、くらいの速度にしか見えなかった。

であれば躱《かわ》すのはいとも簡単だ。

勢いあまってよろめいた男は足を踏ん張ってなんとか堪《こら》えると、憤怒の形相となった。

「舐めた真似をしやがって」

言うなり懐に入れた手を、信吾が一瞬の間もなく身を寄せてぐっと押さえた。同時に相手の左手指の関節を、逆に取ったのである。

「常吉どん。権六親分にすぐ来てもらっておくれ」

甚兵衛が声を震わせながら言った。

「へーい」

「常吉」

信吾がそう言うと、走りかけていた常吉は、つんのめるようになって止まった。

「権六親分さんの手を、煩わせるまでもありません。話せばわかってもらえるはずですから。ですよね」

信吾が指の捩じりを強めると、相手は顔を歪《ゆが》めながらも痛みを堪えている。

「近くに榧寺《かやでら》で知られる正覚寺《しょうかくじ》さんとか八幡《はちまん》さまがありますので、その境内で話しあうということで、よろしゅうございますか」

他人にはわからぬように指に力を入れると、相手は頬を引き攣《ひつ》らせながら掠《かす》れた声で言った。

「ああ、よかろう」

「でしたら、てまえが手を離したら、両腕を垂らしてください。懐の危ない物を引き抜いて突っ掛かるようなことは、なさいませんね。どうなんですか」

ささやきながら、指の逆捩じを一気に強めると、男は耐えられずに呻き声とともに言った。

「し、しねえよ」

「約束してくださいますね。ねッ」

「ああ」

「ああ、ではなく」

「約束するよ。すりゃいいんだろう」

「男が多くの人のまえで約束したからには、万が一破ったりすれば、恥ずかしくて町を歩けなくなります。十分に承知しておいてください」

言うと同時に信吾は両手を放した。男は右手で左手の指を揉《も》み解しながら、ふてくされている。

「では、先を歩いてください。すぐうしろをてまえが歩きますから。椢寺さんと八幡さまのどちらがいいですか」

「どっちでも、かまわん」

「では榧寺にしましょう。榧寺という言葉の響きが好きなんですよ、てまえは」

「けッ、ほざきやがれ」

「では甚兵衛さん。申し訳ないですが、あとを頼みますね」

「大丈夫ですか、席亭さん。やはり権六親分さんに」

「だって、人の居ないところで話しあうだけですから。皆さんのまえで、そう約束してくれたではないですか。それでは、まいりましょう」

うながすと、男は肩肘を張ったまま歩き出した。

人の居ないところで話しあうと信吾は言ったが、外に出て歩き始めると、ぞろぞろと足音が続く。振り返ると、将棋客や見物人のほとんどが付いて来ていた。

これでは、二人で静かに話しあうことなどできる訳がない。

格子戸のところに常吉が立って、心配そうに見ていた。信吾は笑ってうなずき安心させたが、常吉は顔を硬くしたままであった。

野次馬の中には源八をはじめとして、島造、三五郎、平吉、正次郎や権三郎など、常連客のほとんどの顔が見え、懐手をした瓦版書きの天眼が、薄笑いを浮かべて最後尾を歩いている。

人の居ない所でと言った信吾は、苦笑するしかない。男には見栄《みえ》もあるだろうから、おだやかに応じないかもしれず、となるといささか厄介だ。

日光街道に出て南へ折れるが、街道の右手一町あまり先に正覚寺がある。境内に榧の大木があったので榧寺が通称となったが、木は享保《きようほう》年中の大風のために折れてしまった。しかしその後も榧寺と呼ばれている。

門を潜《くぐ》って境内に入ったが、やはり野次馬は付いて来る。仕方がないので、信吾は立ち止まると言った。

「これから二人で話しあおうと思いますが、あまり近くに居られると話しにくいので、申し訳ありませんが五間（約九メートル）ほど離れていてくれませんか」

見物人たちは顔を見あわせていたが、やがてうなずきあった。野次馬の身としてはそうするしかないと、思い至ったのだろう。それだけ離れていると、声を潜めれば聞こえることはない。

わずか半間（約九〇センチメートル）を隔てただけで、信吾と男は対峙《たいじ》した。

「舐めた真似してくれるじゃねえか。さっきは油断しておったが、今度ぁ承知しねえから覚悟しやがれ」と押し殺した声で信吾にだけ聞こえるように言ってから、男は声をおおきくして野次馬たちに言った。「おれが卑怯《ひきよう》な真似をしねえことを、おめえらようく見ておけよ。このあと二人だけでケリを着けるから、だれも手出しをするんじゃねえぞ」

おおきな声で凄んでから、男は声を落として信吾に言った。

「それにしても虚仮《こけ》にしてくれたもんだぜ。長い人生でこれほどの……」

言い淀《いよど》んだので信吾は小声で付け足した。

「侮辱を受けたことはない、でしょうか。長い人生というのは、お齢《とし》からして、どうかと思いますが」

「野郎、舐めやがって」

男は不意討ちの蹴りを入れたが、信吾は難なく躱した。相手は当然、それは見越していたのだろう。

野次馬から「あッ」と悲鳴に近い叫びが漏れたのは、男が右手に九寸五分《くすんごぶ》を握っていたからである。刀身が陽光を反射した。

不意に突き出したが、野次馬たちは恐怖のあまり声も出ない。

しかし突き出した短刀は、地面に叩き落とされていた。男が「うッ」と呻いたのは、信吾が右手で男の右手首を摑み、左腕を巻くようにして相手の右肘を決めたからである。

そして耳元でささやいた。

「この辺で引き分けにしませんか。でないと肘を使えなくしますよ」

言いながら力を加えた。

「わ、わかった」

「これ以上続けたら」

睨み付けると、男は驚きでなく怯《おび》えのために目を見開き、口をわななかせて「な、なんてやつだ」と呻いた。

信吾は微《かす》かにうなずくと声を高めた。

「これ以上続けると二人とも体を傷めてしまう。この辺りで痛み分け、引き分けということにしませんか」

「よ、よかろう」

「事情がおわかりなら席料を払っていただくか、指さないし見物もしないのであれば、今後『駒形』には出入りしないということにしてもらいたいのですが」

「そこまで言われて臍《へそ》を曲げりゃ、席亭の顔を潰すことになるな。だったら、この辺できれいに分けて、なしってことにしてやってもいいぜ」

なんとか体面を保とうと意地を張るのが滑稽だったが、信吾はそんな思いは曖気《おくび》にも出さない。

「ありがとうございます。お蔭さまで大会を続けられますので、皆さまも安心なさったことでしょう」

信吾がさっと体を退《ひ》いて二間（約三・六メートル）ほど離れると、ならず者はゆっくりとした動作で念入りに袖や裾の埃《ほこり》を払った。そうしながら肘の痛みを解消させているのだろう。それから短刀を拾い、鞘《さや》に納めると懐にもどした。

肩を怒らせて男が門に向かおうとすると、野次馬たちは左右に割れて道を開けた。

男が門を出るのを見送った野次馬たちは、たちまちにして信吾を取り囲んだ。

「いやあ、凄い。一時はどうなることかと思いましたよ。それにしても、あんなヤクザ者をやっつけるなんて」

信吾は困惑せずにはいられなかった。あのときはなんとか場を収めなければと思って、咄嗟《とっさ》に破落戸に対したのだが、ほとんどの人が付いて来るとは思ってもいなかったのだ。ならず者を追い払ったのだから、「駒形」の客や見物人が騒ぐのは当然である。なんとか騒ぎが、これ以上おおきくならないようにしなければならない。

信吾は戸惑った顔になって、照れたように頭を掻いた。

「どうか騒がないでください、相手が酔っていたからですよ。酔って赤い顔をし、足もとがふらついていましたからね。だから引き分けにできたのです」

「引き分けなんかじゃない。信吾さんがコテンパンにやっつけてた。だって、あいつは身動きできなかったもの」

「いえ、喧嘩《けんか》慣れした相手のようなので、長引いたら逆転されるに決まってます。ですからてまえの有利なうちに、引き分けにしてもらったんです」

「そうじゃない。目にも止まらぬ早業ってやつでしたよ。いつ、どこで覚えたんですか、あんな凄い技を。秘《ひそ》かに道場にでも通ってたんですか。しかし、そんなこと聞いてないしなあ」

「お寺のお住持さんが教えてくれたんです。護身術と言って、なにも持っていない者が、身を護《まも》る方法だそうです」

「どこのお寺ですか。そんなすごい坊さんがいるお寺って」

「おうおうおう、その辺でよかろう」

野太い声に驚いた野次馬たちが声のしたほうを見ると、少し離れたところで聞いていた瓦版書きの天眼であった。

七

岡っ引の権六親分によれば、天眼は北か南かはわからないが、町奉行所の同心であったらしい。それが失敗《しくじ》って同心を続けられなくなり、いつしか瓦版書きになったようであった。

どことなく陰気な雰囲気を全身にまとい、前職の名残りか目が鋭い。しかもちびりちびりと酒を飲んでいたので、もわッと酒が臭うのである。内に籠《こも》る酒らしく、顔は赤くならずに蒼白であった。

その男が陰鬱な顔で信吾に近付くので、野次馬たちは破落戸のときとおなじく道を開けた。

「ならず者は席亭が追っ払ったので、なんの心配もいらん。皆さんは会所にもどって、勝負の続きをなさるこったな」

野次馬たちは顔を見あわせた。信吾の話を聞き始めたばかりなのでもっと知りたいし、常連客たちにすれば、得体の知れぬ男と信吾だけにするのが心配だったのだろう。目顔でしきりと遣り取りしながら、その場を動こうとしなかった。

「聞こえなんだのなら、繰り返そうか」

咽喉《のど》の奥からの太い凄みを利かせた声で威喝《いかつ》され、野次馬たちはじりじりと後退《あとじさ》りし、やがて向きを変えると、何度も振り返りながら去って行った。

「立ち話もなんだな」

顎をしゃくって近くの石を示したので、信吾が一つを選んで腰をおろすと、天眼はその右隣の石に坐った。

「こういうおもしろい余興を見せてもらえるたあ、思ってもおらなんだぜ」

悪い予感。しかも、まちがいなく的中しそうな予感であった。

「なんとでも派手なことができるのに、せっかく将棋大会とやらを思い付きながら、なんの工夫もしやがらねえ。もったいねえと思ってたんだが、まさかこんなことを企《たくら》んでたとはな」

「企んで、と申されますと」

「おれさまの勘もまんざらじゃねえ」

「天眼先生がなにをおっしゃりたいのか、てまえには」

「大会初日はなにも起こさねえと思ったのよ。ともかく将棋大会が盛大に幕を開けました、それだけで十分だからな。なにかあるとすれば二日目だと思ったのだが、まさにそのとおりだった。それにしても、派手にやってくれたじゃねえか」

「すると天眼先生は、さっきのあれを狂言だとでもおっしゃりたいので」

「おっしゃりたいねえ。多くの客が将棋大会を楽しんでおるところに、ならず者がやって来て散々困らせる。そこに颯爽《さっそう》と主役が登場するってこった。それが席亭さんだな」

「冗談を申されては困ります。それにそんな芝居をしても、いつしかバレてしまうものですよ。そうすればなんと姑息《こそく》なと、たちまち非難され、以後はまともに扱ってはもらえません」

「そういうことだな」

「えッ、だって狂言を企んでいたというふうに」

「稲荷町《いなりまち》の役者に金を摑ませて、ならず者を演《や》らせたと思ったのよ、端《はな》はな。なぜなら月代も髭も伸ばし、しかも酒を飲んで赤い顔をしておる。これで着る物《もん》を変えりゃ簡単に化けられるだろうが」

「そんなことを考えておられたので」

権六親分が天眼は町奉行所の同心崩れのようだと言っていたのは、やはり本当だったのだと信吾は納得した。考えの運び方が、いかにも同心らしいではないか。

天眼は最初のうちは信吾が稲荷町、つまり大部屋役者に金を払って芝居を打ったと見ていたのだ。

「将棋会所では、二人の動きを見ておらなんだからな」

そういえば、上がり框に腰をおろした天眼は、あらぬ方向を見てにやにやしていた。

「それがこの寺に来て、二人の動きを見てぶっ魂消た。狂言なんぞであるものか。並の人間に、それも商家のぼんぼんに、あの蹴りを避《よ》けられるもんじゃねえよ。相手はかなり場数を踏んでおる。あれが偶然だとしても、九寸五分を叩き落とした手練《てだれ》の技は、相当に鍛錬してなきゃできる訳がねえからな」

「ですからそれは、寺のお坊さんに護身の術を教えられたからだと」

「そうかいそうかい。護身の術を、ねえ。で、何歳から始めたのだ」

「九歳からですが」

「信吾は二十歳《はたち》だと言っておったから、十一年もやっておることになる。なら、当然か」

「なにがでしょう」

それには答えず、不意に天眼は信吾の右の二の腕を摑んだ。

「痛いではないですか。なにをなさいます」

抗議を無視して天眼は、今度は手首を摑むと掌《てのひら》を上に向けて開かせ、にやりと笑った。

「思ったとおりだ。見てくれはまさに優男《やさおとこ》だが、その実、しなやかな鋼にも似た体をしておる。腕の肉が柔らかだということは、体のすべてが柔らかいことでもあるからな。敏捷《びんしょう》に動けるし、長いあいだ動いても疲れないということだ。人差し指と中指の節に胼胝《たこ》ができておる。素振りを続けておるのであろう。でなきゃ、これだけのしなやかさは保てねえ」

胼胝に関して天眼が巌哲和尚とおなじことを言ったので、信吾は驚かされた。と同時に巌哲和尚はもと武士であったはずだとの思いを、ますます強くしたのである。

「腕の肉が柔らかいとは」

「柔らかでしなやかな肉を保っておる。そういう肉は疲れにくく、咄嗟の場合にも機敏な動きができるのだ。毎夜、あるいは毎朝、たっぷりと鍛えておるのであろう」

鍛錬の結果として柔軟な筋肉を維持しているので、素早い動きができ、長く戦っても疲れないと言っているのである。天眼にはそれがわかるということだ。

「となりゃ狂言なんぞでねえ。仕組まれた芝居なんぞより、ずっとおもしれえ。狂言をどう書けばおもしろく読ませられるか、やはりだめだろう、瓦版にはできねえと思っていたんだが、これなら文句なしにおもしろく書ける」

「すると瓦版に書くおつもりで」

「当たりまえだあな。これほどおもしれえ話を、そのままにしておく馬鹿はいねえ」

「それは困ります。お願いですから、書かないでください」

「将棋会所『駒形』の開所一周年記念将棋大会だけじゃ、三両二両一両の賞金と絡めても瓦版にならねえ。なぜならありきたりで、なんのおもしろみもねえからだ」

「そうおっしゃっていましたね」

「どんな瓦版が売れるか信吾にはわかるか」

「いえ」

「意外であること。だれもが思いもしねえことだ。あれがそうだったな」と、言ってから天眼は続けた。「浅草で一番、江戸でも三本から五本の指に数えられる老舗の料理屋『宮戸屋』で宴を張った連中が、十何人も食中《しょくあた》りになって七転八倒。ところがあるじの正右衛門はたったの一両の見舞金で頬被《ほおかむ》りしようとした。それを患者と医者が腹に据えかね大騒動になった。まさかあの老舗で食中りがという意外性。あるじが金で始末しようとした卑劣さ」

「しかし、あれは」

「すぐ近所の商売敵が、医者と仕組んだ罠《わな》だった。食中り騒動が消し飛ぶほどの意外さもあって、瓦版の続編は羽根が生えたように売れに売れた」

最初に将棋大会を瓦版に書いてもらいたいと話したとき、例として持ち出した話を天眼は繰り返した。

「お蔭で宮戸屋は廃業を免れました。それに関しては天眼先生の」

「で、今度のことを考えてみろ。老舗料理屋を継がなかった総領息子が、なんと将棋会所とよろず相談屋を開いた。二十歳のこの男、役者にしたいようなすらりとした細身の優男だ。それがとんでもねえ見せ掛けだったから驚くではないか。将棋大会を潰しに来て、それを口実に金をふんだくろうとしたならず者を、簡単にやっつけた。それも九寸五分に対し徒手空拳でだ」

口惜《くや》しいが天眼の言うとおりで、瓦版を読んだ庶民が大騒ぎ、いや狂喜するさまが目に見えるようであった。

「勘弁願いますよ、天眼先生。てまえは将棋会所と相談屋を、地道に続けたいだけなんですから」

「昨日までならそれでよかった。だが歯車が廻り始めたのだ。いいか信吾、よく考えろ。さっきの連中が『駒形』に帰って、今時分は大騒ぎになっておるはずだ。そして家に帰りゃ家族に話さずにいられねえ。湯屋に行き、床屋に行く。だれもが会った人に、夢中になって信吾さまの武勇譚《ぶゆうたん》を話す。まるで自分のことのように自慢するのだ。となりゃ今夜中に、浅草や蔵前界隈《かいわい》の大抵の者が知るようになる。夜が明けると、両国、向こう両国、日本橋に神田、上野辺りで知らぬ者はいなくなる。三日目には江戸市民のだれもが知っておる。大袈裟《おおげさ》でなんかねえ。瓦版書きのおれさまは、何度もおなじようなことを見てきてるからな。中でもこれは、とびっきりの大当たりになるにちがいねえ」

「困ります。どうか、そっとしておいてください」

「おれが書かなくても、だれかが書かずにおくものか。連中は自分の妄想を交えながら、目一杯派手に、おもしろおかしく書くだろうよ」

「それは困ります。ともかく困ります」

「なんで困るのだ。将棋会所『駒形』とよろず相談屋は、江戸中に知られるんだぜ。客が押し掛ける。ビラを貼り、チラシを撒《ま》いたってとても及ばぬ宣伝になるのだ」

「ですが、てまえは地道に着実に」

「間抜けたことを言うもんじゃねえ。利用できるもんは目いっぱい利用しろ。で、どうせ瓦版になるなら、信吾のことを知っているおれに書かせたほうがいいと思わねえか。『駒形』の常連は信吾のためを思って、おお騒ぎはしねえかもしれん。だが見物しておった野次馬はそうもいかねえ。人の口に戸は閉《た》てられぬ、と言うぜ」

信吾にすれば最悪の事態となってしまったが、天眼の言うことにも一理ある。

信吾は覚悟を決めた。

「わかりました。そういうことでしたら、天眼先生に書いていただくことにします」

「となりゃ、神輿《みこし》をあげよう」

「どういうことでしょうか」

「河岸《かし》を変えるのよ。ならず者をやりこめた信吾が椢寺にいると知った瓦版書きが、駆け付けるからな」

「まさか、そんなに早く」

「まさかがまさかでなくなるのよ。瓦版書きのおれが言うのだから、ちったあ信じたらどうだえ」

となると天眼に従うしかない。

ほどなく二人は柳橋の船宿の二階にいた。

そして信吾はげんなりしたのである。なんとか早めに切りあげたかったのだが、瓦版書き相手ではそうはいかない。しかも天眼には、宮戸屋を廃業の危機から救ってもらったという恩義もあるのだ。

天眼の聞き取りは根掘り葉掘りという執拗《しつよう》さで、少しでもわからなかったり曖昧だったりすると、何度でも聞き直した。単なる聞き取りではなくて、訊問と言ったほうがいいくらいだ。

迷惑が掛かってはならないからと、信吾は巌哲和尚のことはなんとしても話さずにおこうとした。しかし天眼はこう言ったのである。

「調べるのはこちとら本職だし、場合によっちゃ坊主が知られたくないことまでわかるかもしれん。となると書きたくなるのが人の情だ。そっちがすなおに話してくれりゃ、坊主が困るようなことは書かないですむだろうがな」

などと恫喝《どうかつ》気味に言われ、信吾は雁字搦《がんじがら》めにされてしまった。

ちびりちびりとではあるが、天眼は酒を飲み続けながら、すでに訊いたはずのことを訊き直したりもした。それが酔いのせいでないことはほどなくわかったが、おなじことを話させて、少しでも矛盾、喰いちがいがあると執拗に突《つつ》くのである。つまり相手に嘘やごまかしができないようにするための、手法なのだとわかった。

話が途切れると、不意にこんなことを言ったりもした。

「おりゃあ、信吾の立ち廻りを瞼《まぶた》に焼き付けてあるから、最初から最後まで克明に書くことができるぜ。ほかの瓦版書きに真似できねえほど、微に入り細を穿《うが》ってな。これだけでも十分売り物になるが、信吾という男がどのようにしてできあがったか、つまりいかにして武術を身に付け、おのれのものにしたかを、たっぷりと肉付けして、読み手を堪能《たんのう》させてやりてえのよ」

結局、信吾は一刻あまりも、天眼に付きあわなければならなかったのである。

「おれが誘ったのだから払わせろ」

　支払いになると天眼はそう言い張ったが、こんな男に出させてはあとが大変だ。天眼が書いてくれた瓦版のお蔭で、両親の営む料理屋が廃業せずにすんだのだからと、それを理由になんとか信吾は支払いをすませた。

「それから、信吾」と、別れ際に天眼が言った。「今晩か明日の朝早く、瓦版書きが『駒形』に押し掛けるだろうが、訊かれても相手にするんじゃねえぜ」

「そんなに早くですか。それに、もしそうなれば、相手は簡単には引きさがらないでしょう。しつこく絡まれたら」

「おれのように、か」

「いえ、そういうつもりでは。でも、それですみますか」

「天眼にすっかり話したんで、もう言うことはなにもない。それに今時分、彫りか摺《す》りに廻ってるはずだと言やいい」

「それだけで相手は、引きさがりますか。とてもそうとは」

「瓦版は早い者勝ちでな、半日、いや二刻も遅れりゃ、二番煎じで売《う》り物《もん》にならねえのよ」

　酒は臭うのに酔ってるように見えない天眼と別れ、信吾が「駒形」にもどったときには暗くなっていた。ところが屋内が明るいばかりか、騒々しいのである。

八

格子戸を開けるなり甚兵衛の声がした。

「ああ、ご無事だった。皆さん、席亭さんですよ。無事にもどられました」

それに被《かぶ》せるように、何人もが一斉に質問を投げ掛け、あるいは言いたいことを言い始めたのである。

「怪我《けが》はなさってませんか」

「ともかくとんだ騒ぎで、あれから将棋大会は中止して、俄然《がぜん》、席亭さんの武勇伝で盛りあがりましてね」

「ご本人がいらしたら、さらに盛りあがるのにと、首を長くしておもどりを待っていたんですよ」

「なかなかもどられないので、常どんに椢寺まで呼びに行ってもらったら、席亭さんの姿が見えないとのことなので、みんなで心配してました」

「あれからどこにいらしたんですか、こんなに長い時間」

「ご安心なさい。お家《うち》の方を心配させてはいけないので、宮戸屋さんには伝えておりませんから」

「皆さん」と言いながら、甚兵衛が掌を打ち鳴らした。「皆さん方が一斉に訊いては、席亭さんが困られるだけです。将棋大会中でもありますので、ご本人のお話を伺ってから、本日は取り敢えず解散しようではありませんか。ともかくご無事だったのですから、それがなによりです」

甚兵衛が見廻すと、客や見物人たちはだれもがうなずき、全員の目が信吾に集まった。

「皆さま、ご心配と迷惑をお掛けして、本当に申し訳ありませんでした。椎寺でも申しましたように、相手が酔っ払ってましたので、てまえでもなんとかできたのです。どうか騒がないようにしていただきたいと思います」

それに対しては一斉に否定の声が挙がったが、信吾は強引に押し切ることにした。

「皆さん。胸に手を当てて、心の声に耳を澄ませてください。『駒形』はどういう所でしょうか。ちゃんと答えてくださいね」と、そこで間を取ってから続けた。「若年組の子供たちは正しく答えられましたから」

笑いが起きた。さまざまな意味あいの笑いであったようだ。してやられたという苦笑。微笑。微苦笑。哄笑《こうしょう》。薄笑い。含み笑い。忍び笑い。失笑。朗笑。大笑。爆笑。それぞれの立場、思い、感覚、それらが二重にも三重にも重なりあった笑いであった。

「そういうことです。ここがどういう場であるかは、火を見るよりも明らかではありませんか。子供たちに笑われないようにいたしましょう」

甚兵衛の言葉が締めとなって、興奮状態からいくらかではあるが醒めた人たちは、多少は冷静な大人の顔にもどって家路を辿《たど》ったのである。

大会の参加者や見物人たちが帰ったので、時間は遅くなってしまったが、信吾と常吉は日課である将棋盤と駒の手入れを始めた。この日も甚兵衛が手伝ってくれたが、信吾と話したかったというのが本音のようだ。

「それにしても席亭さん、信吾さん、あなたは凄い人です。いえね、堂々として胆《きも》が据わったところがありますでしょう。以前、元旅籠町の近江屋の息子太三郎さんが、インチキ賭け将棋に嵌《は》められて、苦境に陥ったとき、席亭さんがあのならず者に対して一歩も退《ひ》かなかったし、一文も払わずに追い払ってくれました」

「将棋会所の席亭ですから、お客さまがお困りの節はなんとかしなければと、その思いだけで」

「引っ越されましたが隣家の御家人のご隠居が、子供たちがうるさいと呶鳴《どな》りこんで来たことがありました。あのときも軽く受けられたが、並の若い人にできることではありません。それに今度の榧寺の一件でしょう。席亭さんが只者でないと感じていたのは、てまえだけではなかったようでしてね。おもどりになられるまえはその話で持ち切りでしたよ」

「ですから、あれは相手が酔っ払っていたからだと」

「そんな言い訳は通じません」

「それより今度のことでお客さま、特に常連さんたちに迷惑を掛けるのでは」

「とんでもない。みなさんのはしゃぎようをお見せしたかったですよ。ともかく、どなたも喜色満面でしたから。明日からもよろしく願いますよ、席亭さん」

これだけは言っておきたかったとでもいうふうに、喋《しゃべ》り終えるなり甚兵衛は帰って行った。

そしていつものように朝を迎え、静かで穏やかな一日が始まるはずだった。だが、そうは問屋が卸してくれなかったのだ。早くも噂が広まったらしくて、人が次々と信吾を訪ねて来たからである。

実は信吾は甚兵衛や常連には黙っていたが、前夜遅くと今朝のまだ暗いうちに、瓦版書きの訪問を受けていた。ところが「昨日なにもかも話したので、今ごろは彫りか摺りに」と言っただけで、途端に相手の熱が冷めるのがわかった。まさに天眼の言ったとおりだったのである。

「けッ、遅かりし由良助《ゆらのすけ》か」と捨て台詞《ぜりふ》を残して姿を消したのもいたし、書き手が天眼だと知って、「けったくそ悪い。またもや、あやつに先を越されたか」と吐き捨てた者もいた。呆《あき》れたことに、どちらも礼を言うどころか、深夜や早朝の訪問を詫《わ》びもしなかったのである。

ともかく夜が明けた。

将棋会所「駒形」への一番乗りは、なんと祖母の咲江であった。

掃除、洗濯と食事の世話をしてくれる、通い女中の峰よりも早かったのである。ということは昨夜のうちに噂を耳にし、じりじりしながら夜が明けるのを待っていたのだろう。

家族のだれが、どこのだれに聞いたのかはわからない。父の正右衛門、母の繁、弟の正吾、だれもが行くと言うのを押さえて、祖母が「あたしでなければ」と言い張ったにちがいなかった。

まさか、信じられませんよ、と信吾は呆れ返った振りをした。

「へーッ、そんな噂が流れてますか。しかも疑《うたぐ》り深い祖母《おばあ》さまが、それを信じたってんだから驚きです」

「疑り深いは余計だよ。それより、相手は刃物を振り廻したってじゃないの。それを聞いて、あたしゃ真っ青になりました」

「でも、それを取り落としたんですからね。酔っ払って赤い顔をし、足がふらついてたのだから笑えるじゃありませんか。でなきゃ、わたしだって命は惜しい。敵《かな》わないと思ったら、あとも見ずに逃げ出しますよ。駆けっこだけには自信がありますからね」

「あたしを心配させまいとして、なんともなかったように言い繕ってんじゃないの」

「針を棒に、って言いますけど、祖母さまを驚かそうと大袈裟に言ったんですよ。どこのだれが吹きこんだのか知りませんけど」

「そうは言ったって、何十人もが見てたってじゃないか」

「だってピンピンしてますでしょ。かすり傷一つないじゃありませんか」

どことなく信じきれないというふうではあったが、ともかく信吾がなんともなかったので、祖母の咲江は安堵《あんど》に胸を撫でおろし、宮戸屋へと帰って行った。

祖母が最初にやって来たのが、信吾にとってはよかった。なにしろ肉親を安心させるために、ともかくなんでもないを強調し、笑い飛ばすようにしたのが、以後おおいに役立ったのだ。

ほどなくやって来た通い女中の峰も、当然だが噂を耳にしていた。

「おはようございます」と言って、信吾をまじまじと見た。「あら、なんともないようですね」

「がっかりしたようだね、お峰さん」

「なにをおっしゃいますやら。だって、刃物を持ったならず者相手に、大立ち廻りだったって聞きましたから、心配で夜も寝られませんでしたよ」

「腕の一本もなくしてたとでも」

「いいえ、そうじゃありませんがね。ともかく、ご無事でなりよりでござんした」

そこで信吾は立て板に水のごとく、祖母にやったのとおなじ伝で一席ぶったのである。初日よりもさらに早く来た甚兵衛や、その後続々とやって来る常連や見物の野次馬にも、繰り返したのであった。ただし武勇伝の噂だけで来た新手の野次馬には、大事な将棋大会の最中だからを理由に、引き取ってもらったのである。

親類や宮戸屋の常連、あるいは取引先などは、見舞いの品持参なので野次馬扱いはできない。事情を話して、丁重にお礼を述べて帰ってもらうことにした。

手習所時代からの親友で、信吾を愛称のキューちゃんで呼ぶ完太《かんた》と寿三郎《じゅさぶろう》、そして鶴吉《つるきち》たちも安心させて、大会中を理由になんとか帰ってもらうことができた。

前夜と早朝だけでなく、正午までにも二人の瓦版書きが、「こちらの信吾さんに、ぜひともお話を」とやって来た。しかし「彫りと摺り」を持ち出すと、あっけなく退散した。正に伝家の宝刀で、これほどの効果を発揮できるならなにかほかにも使えないだろうかと、真剣に考えたほどであった。

そんなこんなで、さすがに仕事にはならない。成績表を手にしてはいるが、絶えず常吉が呼びに来るからである。格子戸を入った土間で、あるいは池泉のある庭に出て、絶えず言い訳、弁明を繰り返した。

だがその安穏も、昼食を摂《と》って一刻ほどしか保《も》たなかった。八ツ（二時）か八ツ半（三時）ごろだったか、激しい下駄の駒音を立てて男が駆けこんで、様相が一変したのである。

「て、大変《てえへん》なことに、な、なりましたぜ。両国の、ひ、広小路で、か、瓦版売りが、ね」

　途切れ途切れに言葉を吐き出しながら、冬だというのに汗びっしょりになって茂十《もじゅう》が「駒形」に駆けこんだ。宮戸屋が商売敵に嵌められた食中り騒動のときは一枚だったが、今日の茂十は五、六枚もの瓦版を右手で握っていた。それを、その場にいる連中にばら撒いたのであった。それを読むなり、「えッ、えーッ」との叫びが、何箇所もで起きた。「席亭さん、えらいことだぜ」とだれかが言ったが、いくつもの声がそれを消し去り、あるいは押し潰した。

　そのあとの混乱は手が付けられないほどで、将棋どころではなくなってしまった。まさに上を下への大騒動である。

　天眼は信吾がならず者と渡りあった一部始終を克明に書けると豪語したが、決して法螺話《らばなし》ではなかったのだ。信吾が相手の関節を逆に取った技などを、まるで目のまえに見ているように活写していた。

　その真に迫った描写を読むと、相手が酔って足もとがふらついていたからだとの言い訳など、信じてもらえる訳がない。

　特に榧寺まで付いて行って目撃した連中は、自分の見た事実だけでなく、かれらには見えなかったところまで天眼が詳細に描写していたので、改めてなにがあったかを確認できたのである。

「大会は今日も中断せねばなりませんね」

なんとか甚兵衛に近付けたので信吾がそう言うと、ご隠居は苦笑いをしたが、さほど案じているふうでもなかった。

「気にしなくてもいいですよ。四日か五日もすれば下火になりますよ」

「でも、その分遅れてしまいます」

「いいじゃないですか、それくらい。何日までに終えなければならないと、決めてる訳ではありませんし」

「それはそうですけど」

「だれも不満には思ってませんよ。それどころかどなたも気が昂って、しかも楽しくてならないのです。席亭さんだって見ておわかりでしょ」

「ですが、ここは将棋会所ですからね」

「こういうときには、杓子定規《しゃくしじょうぎ》に考えずに、成り行きに任せたほうがいいこともありますから」

「なんだか、皆さんに申し訳なくて」

「そのうちに鎮まりますよ」

「対局できなければ、胸を張って将棋会所と言えないじゃありませんか」

「でしたら、席料をいただかないという手もありますが、まずはしばらくようすを見ましょう」

九

そうこうしているうちに、瓦版を見た新手の連中が「駒形」に押し寄せ始めた。少しも大袈裟ではなく、まさに押し寄せ、押し掛けたのであった。屋内はすでに大会の参加者や見物人で溢れていたので、入ろうにも入ることができない。

格子戸の外だけでなく、池泉の畔《ほとり》、さらには路地にまで人が満ちた。そのだれもが、天眼が書いた瓦版を手にしていたのである。

「畏れ入ります。通してください。お通し願います」

その声の主は父の正右衛門であった。

「親父さんだそうだ、通してあげなよ」

言われて体を斜めにしたり傾けたりしたので、わずかずつではあるが正右衛門は進むことができた。

「はい、ごめんなさい。お通し願います。申し訳ありません」

薄っすらと汗を掻いて、正右衛門がようやく傍《そば》にやって来た。

「とんだ騒ぎになって、ご心配をお掛けしました」

「それについては、とやこう言いません。ともかく、ここにいてはなにが起きるかわからない。今夜は宮戸屋に泊まりなさい。常吉もです。わかりましたね。信吾、これは命令ですよ」

「ですが、暮れ六ツと明け六ツに、伝言箱をたしかめねばなりませんので」

「暮れ六ツに伝言箱をたしかめてから、見世に来なさい。明け六ツまえに出れば、見られます。なんの不都合もありません」

「ですが」

「ですが、が多すぎますよ、信吾は。仔細《しさい》は今夜聞きましょう」

それだけ言うと、正右衛門は「お通し願います」と言いながら帰って行った。

父が心配してくれるのはわからないではないが、危険が迫れば犬猫や鳥が教えてくれるし、懐には鎖双棍があるのだ。

しかしそんなことは知りもしない両親が、心配するのはむりもない。とはいうものの、今夜は宮戸屋に泊まるしかないか、などと思っていると聞き慣れた声が飛びこんできた。

「おうおう、ごめんよ。それにしても、芋を洗うようだとはこのことだな。ということはおまえさん方は芋ってことだ。すると、おれも芋ってことになるか」

岡っ引の権六親分にすれば目一杯の冗談のつもりらしく、にやりと笑ったが、天眼が言うところの鬼瓦が笑ったのだから、笑った顔のほうが素顔よりよほど凄《すさ》まじい。

「色男、浅草一の人気者、信吾、いるなら顔を見せな」

普段は隠し持つ十手を帯のまえに差していたのは初日のことで、今日はこれ見よがしに右手にしっかりと握って、人を掻き分けながら近付いて来る。

「親分さん。どうも、ご苦労さまです」

「おう、いたいた。変わったことねえか、との決まり文句を言いたくなるぜ、ここまで変わっちまうとな。それにしてもこれだけ人が多けりゃ、ますます懐物がねらわれる」

と、権六は人々を見廻して言った。「皆さん、こういうときの掏摸《すり》は、二人掛かりで仕事するから気を付けなされよ。一人がしきりと話し掛け、おもしろい話をして笑わせておるときに、相棒が懐物をいただくという寸法だ。馴《な》れ馴《な》れしく話し掛けてくるやつがいたら、その反対側を見な。人の好《よ》さそうなのがにこにこしておれば、そいつが仲間よ。右から話し掛けたなら左、左からなら右だな。信吾、心配だから手下を一人残しておこう」

「お心遣い、ありがとう存じます」

「信吾の周りには以前から、なぜか人が集まると思っておったが、それにしても集まりすぎじゃねえか」

「瓦版のせいと言っては言いすぎかもしれませんが、あれはまるで講釈師ですよ」

「見て来たような嘘を吐き、ってか。まんざらそうでもなかろう」

「相手が酔っ払ってましたから、てまえでもなんとかなったんです。でなければ」

「おれも読んだぜ、じっくりとな。瓦版が真に迫ってるのは、書いたやつが見たからこそだ。見たままを書いたんだろうぜ」

昨日、榧寺まで付いて来た連中が、一斉にうなずいた。そして「それごらんなさい」とでも言いたげに信吾を見た。

「あれを読むかぎり、信吾の動きにはまるでむだがねえ。理に適ってる。瓦版書きが、あれだけのことを頭の中でひねくり出したとしたら、戯作者《げさくしや》になれらあ。それも売れっ子のな。だから皆さん方、瓦版に書かれたことはまちがいねえ。このおれさまが請けあうからよ」

「やっぱり」「だって、あれを見たらだれだって」「普段から席亭さん、身のこなしがちがうもの」などなど、その場の全員が喋り出したとしか思えぬ騒々しさだ。

マムシの異名を持ち、鬼瓦のような顔をした権六はさすがに迫力があるのだろう。かれが出ようとするとそのまえには道ができた。権六は子分を一人残すと言ったが、古株ではあっても、一番頼りない浅吉を残した。信吾にすれば有難迷惑でしかない。

ひとまず騒ぎは収まったが、それも束《つか》の間《ま》でしかなかった。

収まる訳がなかったのだ。さらに異種の騒ぎが加わったのである。格子戸の向こうで揉みあいと黄色い声が続いたのは、先に来ていた見物人と言いあっているからだ。

それが急に収まったと思った直後に、思いもしないことが起きた。

「信吾さーん。お願い、顔を見せてくださーい」

着飾った娘たちが、それも五、六人もいるだろうか、口に両手を当て、声をあわせて叫んだのである。

苦笑しながら甚兵衛を見ると、相手も苦笑いしつつ顔を出入口のほうに何度も振った。

「席亭さんが出るしかないでしょう。出なければ、とても収まりませんよ」と言いたいのだろう。その間にも、娘たちは声をそろえて叫びを繰り返した。

客たちはおお喜びで、にやにや笑いながら信吾を見ている。仕方なく手刀を切りながら通してもらい、格子戸から顔を出してなにか言おうとするより早く、娘たちの黄色い声が、しかも今度は銘々が声を張りあげた。

「わー、素敵。役者みたい」「きゃーッ、笑ってくれた」「あなたじゃないわ、あたしに笑ったのよ」「信吾さーん、こっち向いて」

「あの、みなさん、よろしいですか」

信吾が鎮めようとすると、すかさず声が被さった。

「あたし、みなじゃありません。絹《きぬ》です。田原町《たわらまち》二丁目の糸屋の娘、絹でーす。名前憶えてくれましたか」

「おキヌさん」

「はい。絹でーす」

「おキヌさんだけじゃなく、みなさん」

頓珍漢な遣り取りに、男たちがドッと笑いを弾けさせた。

「将棋会所『駒形』では、大事な将棋大会をやっておりますので、騒がれますと大会に出ておられる方たちに迷惑が掛かります。お願いですから静かにしていただけませんか」

「信吾さんがあたしたちにお願いするの？　頼むのね」

「はい」

「ちょっと待ってね」

娘たちは相談し始めたが、一斉に信吾に顔を向けて、それぞれがばらばらに自分の名を告げた。

「信吾さん、名前憶えてくれたかしら」

「はい。きれいな方のお名前は」

きゃーッと悲鳴に近い叫びがあがった。

「まちがえなかったら、帰ってあげてもいいわよ」

一人がさっと手を挙げた。

「おシマさん」

次々に手を挙げるので、信吾は順番に答えていった。

「おテイさん」

「おキヌさんは、さっき言いましたね」

「はい、カサネさんだ」

「おシズさん、でしたね」

「あなたはたしか、おタミさん」

娘たち全員が拍手した。どうやらまちがえなかったらしい。

「将棋大会中だそうだし」

「名前憶えてくれたからね」

「しかも、まちがえなかったんだもの」

「だったら、あたしたちも約束守って」

「ひとまず帰ってあげましょう」

まるで芝居の渡り台詞のように流れるごとく言うと、娘たちはキャッキャと笑い転げながら帰って行った。

「それにしてもすごい。よく憶えられたものだ、六人もいるのに」

島造が感心したように言った。

「必死でしたよ。まちがったら帰ってくれませんから」

「瓦版書きがおりゃ、今の経緯《いきさつ》をたっぷり書いてもろうたに、残念至極なり」

だれかが気取って、役者の台詞廻しのように言ったので爆笑が起きた。

この分では、今夜は宮戸屋に泊めてもらうしかないだろう。まさか夜中に、娘たちが押し掛けては来ないだろうが。

宮戸屋で上方のいい酒を一升都合してもらって、巌哲和尚にお詫びに行かねばならないな、と信吾は思った。和尚は「庫裡《くり》の中の坊主、大世間を知る」と冗談交じりに言ったことがある。

なにかあると、檀家のだれかが瓦版を持ってきてくれるらしい。今回の瓦版は和尚のことに触れているので、おそらく知っているだろう。いや、とっくに読んでいるかもしれなかった。

それにしてもあわただしくいろんなことがあったが、まるで静かな池に小石を投げ入れたようだな、と信吾は思った。波紋がおおきく拡《ひろ》がって行くのが、瞼に浮かんだのだ。

突然、頭をガツンと殴られた気がした。

「いけない、明日じゃないか」

両国の横山町三丁目の口入屋松屋忠七を通じて相談を持ち掛けてきた依頼主と、会食することになっていたのを思い出したのである。

相手が瓦版のことを知らぬはずがないし、もし知らなくても忠七が教えるはずだ。瓦版は人の集まる所、両国広小路、上野広小路、浅草広小路、日本橋や神田辺りで売りまくる。となれば両国横山町の忠七が知らぬはずはないのである。

忠七によると、依頼主は信吾のことを詳しく知っていて、それで会ってみたいと思ったらしい。さらに瓦版で新たな情報を得るだろう。ところが信吾は、相手のことをなにも知らないのである
かと言って今さら延期してもらう訳にはいかないし、どうせ顔をあわせねばならないのだ。

「いいじゃないか、こうなりゃ成り行きに任せるとしよう。ジタバタしても始まらないのだから」

信吾は胆《たん》を据えたのである。いや、据えるしかなかったのだ。

南無三宝、なるようになれ、と半ばやけくそであった。

狸だって客である

「やってみなければわからないことって、けっこうあるものだな」

信吾の口からそんなつぶやきが漏れた。

一

将棋会所「駒形」開所一周年記念将棋大会は、大過なく進んでいたと言っていい。しかしそれに関連して、なにかと問題が起きてもいた。

大会初日、師走朔日《ついたち》の早朝、伝言箱に紙片が入れられていたのが、そもそもの事の起こりだ。信吾はそこに書かれた横山町三丁目の口入屋に松屋忠七を訪ねた。忠七から渡された依頼人からの紙片には、十日もすれば将棋大会も落ち着くだろうから一献傾けませんかとあった。詳細は伝言箱に入れておくとのことである。信吾は了解の旨、忠七に伝えた。

すると二日の昼に、依頼主からの二枚目の紙片が入れられていた。それには会うのを少し早めて、四日の暮れ六ツ（六時）でどうだろうかと書かれていた。

相手が指定したのは東仲町の宮戸屋であった。夕刻に松屋の小僧を使いにやるので、可否と、変更があれば伝えてもらいたいとある。

問題がなければ、松屋忠七の名前で予約しておくとのことだ。連絡先の名前で申しこむということは、依頼主に名を明かす気がないということである。顔をあわせて初めて名乗った人は、これまでにも何人かいた。

日にちがないので会席料理の予約ができないため、即席料理になるが悪《あ》しからずと付記されていた。

相手が両親の営む宮戸屋を指定したことには、信吾はべつに驚かなかった。依頼主は信吾が将棋会所「駒形」と「よろず相談屋」を営み、師走朔日から将棋大会を開催することを、いや、それ以外にもなにかと知っているようであった。となれば信吾を宮戸屋の長男だと承知していても、なんのふしぎはないからだ。

これまでにも下調べをしてから、相談を持ち掛けた依頼人は多かった。それはそうだろう。いくら知人に薦められたとしても、信吾は二十歳《はたち》の若造なのである。相談するに足るかどうか迷うのは、当然かも知れない。

二枚目を受け取ったその日の午後、信吾が刃物を持ったならず者を退散させるという、思いも掛けない一幕があった。それは、たちまち噂《うわさ》となって広まったのである。

三日の早朝、祖母の咲江が「駒形」に駆け付けた。前夜、噂を聞いて気が気でなかったのだろう。なんとか安心させて帰したが、そのとき信吾は依頼主の件はおろか、依頼そのものにも触れてはいない。

午後に瓦版が出て、信吾の武勇伝が派手に取りあげられていたため、たいへんな騒ぎとなった。それを知った父が「駒形」に来て、夜は常吉ともども宮戸屋に泊まるようにと命じたのだ。

伝言箱になにも入っていないのを確認すると、常吉を連れて宮戸屋に出向いた。そして信吾は家族と、常吉は奉公人たちと食事したのである。

信吾は席料を入れた袋を正右衛門に渡して保管を頼んでいるが、「駒形」には蔵がないので預けるようにと言われていたからだ。大会に入ってからは連日、常時ではないにしても五十人を超える客や見物人が来るので、毎日夕刻に届けて預かってもらっている。

瓦版で取りあげられたのだから、信吾は質問攻めにあうことを覚悟していた。聞かれるのは当然だろうが、九寸五分《くすんごぶ》を振りかざしたならず者との対決に絞られた。相手が泥酔とは言わなくても、赤い顔をして足もとがふらついていたことと、瓦版は売るために大袈裟《おおげさ》に書くことを強調したが、家族がどこまで信じたかはわからない。

「それより父さん、上方のいいお酒を一升、都合してもらえませんか」

「酒がなくては生きていけなくなった、という訳ではないだろうな」

「まさか」と、笑い飛ばしてから真顔になった。「巌哲和尚のことを瓦版に書かれたので、迷惑を掛けてしまいました。これから、お詫《わ》びに行こうと思いまして」

「和尚にはわたしが、一升提げて詫びておきました。信吾は将棋大会もあるので、ひと段落着いたらお詫びにあがらせると言っておいたから、心配しなくていい」

父の処理と用意周到さには、いつものことながら信吾は感心せずにいられない。

「そうでしたか。ありがとうございます」

「九歳から始めたそうだな。なぜ、黙っておった」

父の言葉に母がおおきくうなずいた。

「そういうことは、話さなければだめでしょう。教えていただいたのなら、お礼をしなければなりません」

「初めは護身術だと知らなかったのですよ。棒を使った新しい踊りかと思ったので、だったらわたしも憶《おぼ》えたいと言ったら」

「教えてくださったんでしょう」と、母が真顔で言った。「踊りとか護身術とかに関係なく、教えていただいたなら、お礼をするのが当然ではありませんか。好意に甘えていてはいけないと、いつも言っているのに」

「今も教えてもらっているのか」

「近ごろは会所と相談屋が忙しいので、十日か半月に一度くらいしか、教えていただけません」

「ちゃんとしなければ、わたしたちが笑われるのだからね。商人《あきんど》というものは、その辺をわきまえていなければならないのです」

「兄さん。わたしにも教えてください。そんな術があるなら、ぜひ習いたいです。でなければ、巌哲和尚さんに頼んでいただけませんか」

正吾が真剣な目になって信吾に訴えた。

「なにを言い出すのです。生兵法は大怪我《おおけが》の基という諺《ことわざ》があるでしょう」と、父はとんでもないという顔になった。「信吾は九歳から始めたからまだしも、正吾はもう十七歳なんだからね」

「だからと言って、遅いということはないと思います」

「商人としての修業を始めたばかりではないか。そういうときに両方欲張っては、虻蜂《あぶはち》取らずに終わるのが目に見えてます」

正吾は黙ってしまった。若いため、いろいろな話の進め方があることを知らないのだ。

「相手はならず者なんでしょう」と、祖母が心配そうに言った。「そういう人たちは、根に持って仕返しするかもしれないからね。無茶ができないことくらいわかりそうなものだけど、信吾は考えなさすぎです」

「触らぬ神に祟《たた》りなし、ですよ。少しばかり腕に自信があるからって、強気になったりすれば、ああいう人たちは普通じゃないですから、一人で敵《かな》わないとなると群になりますからね」

母が心配してくれているのはわかっているので、信吾はすなおに反省を示した。

「これからは気を付けるようにします」

「なにしろ夜は、常吉と二人きりなんですから」

鎖双棍《くさりそうこん》があるから心配ないですよ、それになにかあれば生き物が教えてくれますから、と言えないのがもどかしい。

心配でならない家族に、信吾はうんざりするほど注意され、くどくどと念を押されたのである。

翌四日の朝は六ツまえに宮戸屋を出て「駒形」に帰ったが、伝言箱にはなにも入ってはいなかった。

そして前日と変わらぬくらい、早くから騒々しかったのである。瓦版に書かれた信吾とは一体どんな若者なのかと、興味本位の野次馬が溢《あふ》れたのだ。浅草界隈《かいわい》だけでなく、噂を聞いて本所、向島、千住、新宿、品川辺りからも見物人がやって来たのには、信吾も呆《あき》れてしまった。

しかし将棋大会の参加者は事情がわかったこともあって、対局に集中できるようになっていた。

この日も瓦版書きたちがやって来た。将棋大会を理由に信吾が聞き取りに応じないので、連中は「駒形」に出入りする常連や見物人を捉《つか》まえて、その後の反響についてあれこれと訊《き》いたらしい。だが特別なことは起こらなかったので記事にできず、席亭の武勇伝の続編が出ることはなさそうだ。

大会参加者たちが帰ると、信吾と常吉は湯を浴び、将棋の盤と駒を拭《ふ》き浄《きよ》め、食事はせずに宮戸屋に向かったのである。そのまえに念のために伝言箱を改めたが、やはりなにも入っていなかった。

騒ぎが収まるまでは、当分は宮戸屋で寝泊まりするように言われていた。ところが信吾が「常吉の食事をお願いしますね」と言ったので、繁は怪訝《けげん》な顔になった。

「わかってますけど、信吾はあたしたちと食べるのでしょう」

「松屋忠七さんとおっしゃる方が、お見えのはずですが」

それが予約した客の名だとわかるまでに、母は少し時間が掛かった。

「え、ええ」

「相談に乗ってほしいと依頼された、わたしのお客さんなんですよ」

「だったらなぜ言ってくれなかったの、そんな大事なことを」

「だから言ったじゃないですか」

「今じゃなくて、お話があったときに教えるものです。そうすれば、こっちだってそれなりに」

「宮戸屋はちゃんとした料理屋なので、どんなときにも、どんな人に対しても、抜かりはないと信じてましたのでね」

「お連れさまと静かに話しあいたいとのことなので、離れ座敷にお通ししました」

「そのお連れさんがわたしですので、案内を願いましょうか、女将《おかみ》」

さすがに呆れ返ったという顔になったが、繁は姿勢を正すと先に立った。

「松屋さま。お連れさまがお見えになりました」

「お待ちしておりました。どうぞお入りください」

思っていたよりずっと若い、張りのある声が意外だった。座敷に入ると両手を突いて、信吾は深々と頭をさげた。

「声を掛けていただきありがとうございます。よろず相談屋の信吾と申します」

「松屋忠七です。どうか気楽になさってください」

繁は一礼してさがったが、依頼者は見世の者に聞こえた場合を考えてか、松屋忠七で通す気なのかはわからないが、そう名乗った。相手にその気がなければ、訊いてもはぐらかすだろうから、信吾も名前に関しては触れぬことにした。

ともかく若いのに信吾は驚かされた。べつに初老とか老人だろうと決め付けていた訳ではないが、どう見ても二十代か三十代の前半としか思えない。

人には個人差があるし、信吾は年齢を当てるのが不得手であることを自覚している。それにしても若い。声が若いだけでなく、黒々とした頭髪、張りと艶のある顔、どこを取っても若かった。

おだやかな笑みを浮かべた、ふくよかな顔の持ち主である。

「信吾さんのことは人伝《ひとづて》に耳にしましてね。何人もから、それも短いあいだにです。ともかく話していて楽しい。取り留めないことを話しているだけで、普段気にしていることについてあれこれ示唆を得られる、などととても評判がよろしい。ですので一度会っていただきたいなと思っていたのですが、そうこうしているうちに、次第にいろいろなことがわかってまいりました。食中《しょくあた》り騒動で瓦版に取りあげられた、宮戸屋のご長男であること。でありながら、見世を弟さんに譲って、ご自身は将棋会所『駒形』と『よろず相談屋』を始められたことなどが」

「さぞかし、変なやつだと思われたでしょうね」

「とんでもない。ますます会いたくなりましたよ。で、どうしようかと思ってましたら、伝言箱を備えられてると聞きましたので、連絡させていただいた次第です」

「おっしゃりたいことは、ほぼ、わかりました。そういたしますと、こういう問題で悩んでいる、あるいは迷っているので、どうすればいいだろうか、という相談ではありませんね」

「具体的な悩みであれば、それなりの対処の仕方もあります。これもある人に教えられたのですが、それまでなんとしても解決できなかった問題が、信吾さんと話していて嘘《うそ》のように氷解した。それもまるで関係のないことを話していたのに、と言われたのです。わたしは三十三歳の若輩者ですが、それでもなにかと悩みや迷いを抱えております。であれば信吾さんとお付きあいいただきたいと思うように、と言いますか切望するようになりましてね。あまりにも曖昧で、自分勝手な願いではありますが」

「いえ、それでお役に立つようでしたら喜んで、お相手させていただきます」

「ありがとうございます。ということで、伝言箱を通じて会っていただくことになったのですが、であれば予定を早めるようお願いしましたら、会っていただけるとのことですので狂喜しておりました。そこへ昨日の瓦版ですよ。いや、驚かされました」

「その辺りが瓦版の困ったところでしてね。売らんがため、ともかく針小棒大、五倍にも十倍にも大袈裟に書くのでたまりません」

「瓦版が大袈裟なことは承知していますので、丁寧に何度も読み直しました。多少そのきらいはなきにしもあらずですが、いい加減なところは感じられませんでしたよ」

「そこが瓦版書きの巧妙なところです」

「ということは、信吾さんは瓦版書きに厭《いや》な思いをさせられた。煮え湯を飲まされたということですね」

　天眼と宮戸屋や信吾との関係を知らないのでむりもないが、相手は信吾が酷《ひど》い目に遭わされたと思っているのである。その勘ちがいがおかしくて信吾が思わず噴き出すと、相手もあわせるように笑いを弾《はじ》けさせた。

二人がちがう理由で笑ったのが信吾にはわかっているが、相手がそれを理解しているかどうかまではわからない。

「失礼いたします」

襖《ふすま》が開けられて女将の繁と仲居が、酒と料理を運んできた。先付《さきづけ》と前菜を並べ、それぞれの盃《さかずき》に酒を注《つ》いで辞した。

「でしたら信吾さん、大袈裟に書かれたという瓦版の内容を、順に検証してゆこうではありませんか」

「それはいいのですが、ただ、このままでは」

「と申されますと」

「なんとお呼びしたらよろしいのやら。と言いますのは、お客さまを忠七さんとは、どうしても呼べないのですよ。松屋のあるじさんの、本心を絶対に見せようとなさらぬ顔が浮かんできますのでね」

「麻太郎《あさたろう》です。麻の葉の麻に太郎です」と、言ってから顔を綻《ほころ》ばせた。「あの人の顔と二重写しになったら、話したくても思いどおりに話せないかもしれませんね。気が付きませんで失礼いたしました」

相変わらず住まいや仕事、あるいは屋号には触れなかったが、信吾は訊かないことにした。その気になれば明かすだろう、と思ったからである。

表情の豊かさやおっとりした話し方、また麻太郎という名からすれば長男だろうとの判断は付いた。今はそれだけで十分であった。

さあ、おもしろくなるぞ、と信吾は背筋を伸ばしたのである。

二

「それにしても、なにがそんなにおかしかったの。松屋さんはともかく、信吾もいっしょになって笑い続けていましたよ。離れ座敷の笑い声がここまで聞こえるなんて、そうあることではないですからね」

依頼主を送り出して居間にもどるなり、母がいかにも解せないというふうに言った。

「そんなに笑っていましたか」

「笑っていたじゃないの。それもとてもまともとは思えぬほどの」

母の言葉を祖母がすかさず補足した。

「馬鹿笑い」

将棋大会が始まってからというもの、思い掛けないことが次々と起こり、挙句の果てに瓦版に派手に取りあげられたりもした。そのため信吾は、軽い躁《そう》状態になっていたのかもしれない。たしかによく笑ったのだ。

「どうして笑ったのでしょう。なにがそんなにおかしかったのだろう」

「なにがって、本人がなにを言っているのだね。アハハアハハとひっきりなしに、それも大声で笑い続けていたではないか。だれだって、なにがそんなにおかしいのだと、思わずにいられないだろう」と、父の正右衛門が言った。「お客さまがお笑いになるならともかく、おまえまでいっしょになって笑うことはありません」

母が父の言葉を引き取るように言った。

「それより、相談を受けていたのでしょう」

「そうですよ」

「深刻な悩みがあるからこそ、相談にお見えなんだろう」

祖母も訳がわからないという顔をしている。

「人さまにはいろんな悩みがありますから、相談だって多種多様ですよ。笑っているあいだに悩みが解決したと、相談料をいただいたこともあります」

「そういえば」と、正吾がいくらか遠慮がちに言った。「兄さんが宮戸屋を出て、わたしがあとを継ぐとの披露目の宴《うたげ》で、武蔵屋《むさしや》の彦三郎《ひこさぶろう》さんがそのようなことをおっしゃってましたね。馬鹿話をして笑っているうちに、ふしぎと悩みが解決していたことがあったって」

「で、相談料はもらえたのかい」と、祖母が言った。「笑っているだけでもらえるなら、楽な商売じゃないか」

「あちらさんは払うと言いましたが、今日は顔あわせで、相談を受けた訳ではありませんから、いただいておりません。楽しかったのでまたお会いしましょうということで別れました。お料理やお酒の代を出してくれただけで、相談料はなしです」

「ところで、松屋さんにはどんな悩みがあるというの。とてもではないけど、悩みがあるようには見えませんでしたよ」

　信吾が説明しなかったので、母だけでなく父や祖母、そして弟の正吾も、依頼主の名を松屋忠七だと思っている。だが麻太郎さんですと訂正はしなかった。名前のほかになに一つとしてわかっていないので、意味がないからだ。

「それはさっき言いましたように、相談されていませんのでどんな悩みかはわかりません。でも悩みの大小はともかく、悩みや迷いのない人なんていませんから」

「信吾にも悩みはあるのか」

「そりゃありますよ。ま、わたしの場合は、どうということのない悩みでしょうが」

「松屋さんの悩みってなんだろうね。まだお若いのに」

「もしわかったとしても、この仕事をやっている以上、それは言えないのですよ。母さんにはおわかりのはずですが」

もっとも言いたくても、今のところなにも知らないのである。

「しかし、そんなに笑いましたかね」

「笑いましたよ。これが本当に自分の産んだ子かしら、と思うくらい」

「大袈裟だなあ。ともかく宮戸屋が気に入ったようですから、また来てくれると思いますよ。それより、そろそろ横になりたいのですが。将棋大会が始まってからは、お客さんが多いこともあって、さすがに疲れました」

そう言って大欠伸《おおあくび》をしたのである。


東仲町の宮戸屋を出た信吾と常吉は、浅草広小路を東に歩を取って、茶屋町《ちゃやまち》で南に折れた。並木町、駒形町と進んで諏訪町の木戸を抜けると、左に折れて大川に向かう。

「駒形」の黒板塀にもたれていたのと、将棋会所とよろず相談屋の看板を見ていたのと、二人の男が足音に気付いて顔を向けた。常吉が表情を硬くしたのは、先日のならず者の仲間とでも思ったからだろう。目顔で案ずることはないと安心させた。

三十代半ばと思える男は、信吾が榧寺でならず者を撃退した日の深夜、やって来た瓦版書きである。

看板を見ていたのはまだ若いが、こちらも瓦版書き、どうやら見習いのようであった。なにかあったら手控えに書いておいて、変わったことがあればすぐに知らせろと、先輩に言われでもしたのだろう。冬の朝ということもあり、寒さで鼻の頭を赤くしている。

「朝帰りとはけっこうなご身分だが、小僧を連れているところを見ると、どうやら吉原《なか》ではなさそうだな」

年嵩《としかさ》のほうがそう言うと、相鎚《あいづち》を打つように若いほうが言った。

「宮戸屋に泊めてもろうたんだよな。妙なのが押し掛けると、厄介だからってんで」

背伸びして言っているのが滑稽だったが、笑う訳にはいかない。

「ちょっとごめんなさいよ」

信吾はそう言って、懐から鍵を出すと、二つの看板の下に取り付けられた伝言箱を開けた。やはりなにも入っていなかった。

続いて格子戸を、二人には見えないように掛け具を外して開けると、常吉を屋内に入れた。だが信吾は入らずに格子戸を閉めて、年嵩のほうに言った。

「あのとき話しましたが、天眼さんとおっしゃる瓦版の書き手に根掘り葉掘り訊かれましたので、話すことはなにもないんですよ。あのあとも将棋大会に追われてまして、ご期待に副《そ》えるようなことはなに一つとして起きてはいません」

「ま、昼間はそうかもしれんが」

「え、どういうことでしょう。まさか、ネズミ小僧のように夜には、なんてお考えじゃないでしょうね」

「お、やっぱりそうか。世間を騒がせている将棋小僧は、てめえだな」と男は顔を歪《ゆが》めたが、どうやら笑ったらしい。「てのは冗談だ。ところで信吾さんは、九歳からやってるんだってな、棒術とか体術ってのを。天眼かい、あいつの筆によると相当な腕だってことだが、とすりゃ、ほかにも武勇伝があるんじゃないかと思ってね。それを話してもらおうと、この寒い中をずっと待っていたんだ」

こっちの知ったことじゃありません、と言いたいところを我慢して、途方に暮れたように口籠《くちご》もる。

「身を護《まも》るために、なんとか身に付けただけですからね。武勇伝なんて、とても。それに身を護らねばならぬようなことが、しょっちゅうあってはかないませんよ」

「天眼てのは、もとはお武家らしいじゃないか」

やはりこういう連中は知っているのだ。もっともそうでなければ、この世界で生きてはいけないのだろう。

「そうですか。知りませんでした」

ここは惚《とぼ》ける一手であった。

「その天眼が相当な腕だと言うのだから、あれこれあると思うんだがな。あるはずだぜ」

「天眼さんによると、瓦版は一枚四文なので余程のことでないと商売にならないそうです。その天眼さんが、あのあと一向に顔を見せないということは、もうここにはぺんぺん草も生えていないってことではないでしょうか」

「それはやっこさんの考えだろう」

「だって将棋会所の席亭で、よろず相談屋のあるじですよ。ほとんどここを動かないのですから、なにも起こる訳がないではありませんか」

「将棋会所と相談屋を始めて一年ってことだそうだが、武芸」

「護身術です」

「天眼は武芸と書いていたが、そんなことはどうでもいい。九歳からやっておるってことは、人生の半分以上をそれに打ちこんできたってことになる」

噴き出さずにいられなかった。

「これは失礼。人生の半分以上たって、てまえは二十歳ですよ。四十年、五十年生きた人ならともかく」

「であろうと、人生の半分以上ってことに偽りはなかろう」

「言葉の上ではそうなりますが」

「とすりゃ、なんぞあってもふしぎはあるめえ。よく胸に手を当てて考えてみな。なんなりと思い出せるはずだがな。ここを開くまえは、宮戸屋で親父《おやじ》さんを手伝って、手代みたいなことをやってたんだろう。集金帰りに辻斬《つじぎ》りに襲われたが、心得があるので撃退したとか」

「まさか」

信吾は笑い飛ばしたが、向島の豊島屋《としまや》の寮で甚兵衛と将棋を指した帰り、集金帰りと見当を付けられたらしく、辻斬りに襲われたことがあった。もっとも、そんなことを相手が知っている訳がない。おそらく鎌を掛けたのだ。

「インチキ賭け将棋師から、『駒形』の客を救ったとか」

佐助と名乗った男から太三郎が金を捲《ま》きあげられるのを、一歩手前で防いだことがある。男は常連客のだれかから聞いたのだろう。だからうっかり打ち消せない。こちらが隙を見せるのをねらって、攻め掛けようとしているにちがいないからだ。

「だって『駒形』のお客さまが窮地に立たされたのですから、席亭としては全力を尽くして護らなきゃなりませんもの。膝はがくがく笑ってましたが、目いっぱい見栄《みえ》を張って追い払いましたよ。ですが天眼さんの先日の記事に較《くら》べたら、まるっきり弱いですからね。それに一年もまえの話なので、どんな凄《すご》そうな見出しを付けたって人は買っちゃくれないでしょう」

「そういうこったな」

案外簡単に退《ひ》くではないかと思ったが、そうではなかった。相手はにやりと笑ったのである。

「でありゃ、おれさまがこさえて見せようじゃねえか」

「はあ？」

「席亭信吾の武勇伝ってのを、おれさまが代わりに作ってやろうっての。そっちに話す気がないならな」

二人はじっと相手の目に見入った。やがて瓦版書きは勝ち誇ったような声で言った。

「困るだろう、あることないことを好き勝手に書かれちゃ。武勇伝たっていろいろある。あの若さで女を百人斬り、なんてな。人の女房、後家さん、町娘、小唄《こうた》の師匠など手当たり次第。これなら娘っ子らが、奪いあって買って読む」

魂胆は見えている。

「困りますね」

「だったら、話しちまいな」

「話したくても話すことがないのですよ。それに、たしかにてまえは困りますが、インチキを書いた書き手はもっと困ると思いますが」

「なんだと」

「その経緯《いきさつ》を暴露すれば、どちらがより深い傷を負うかは明らかでしょう」

ふたたび、信吾と瓦版書きは相手の目に見入った。

「おや、席亭さん。こんなに早くから」

言いながら近付いてきたのは、「駒形」とよろず相談屋の家主でもある甚兵衛であった。うしろに一人、常連客の顔が見えた。

「熱心な瓦版書きさんでしてね」と、そこで信吾は男に訊いた。「お名前、なんとおっしゃいましたっけ」

「権兵衛《ごんべえ》」

急に言われて相手は詰まったが、ややあって、仕方ないというふうに答えた。

つまり名乗る気はない。名無しでいい、と言いたいのだろう。

信吾は笑いながら、甚兵衛と常連客に言った。

「権兵衛さんが、続編を出したいとおっしゃるのですが」

「そりゃ、いいじゃないですか。でしたら席亭さん、権兵衛さんにどんどん書いてもらいなさいよ。ここの宣伝になります。この前の瓦版の反響はすごくて、連日見物人が押し掛けてますからね。こんな好機は、二度とないかもしれませんよ」

「そうは言われても、このまえすっかり話したので、権兵衛さんに話すことはなにもないのですよ」

「だったら作っちゃいなさい」

信吾はあんぐりと口を開けた。

「甚兵衛さんまで、それを言いますかね」

「するとほかにもだれか」

「こちらの瓦版書きさんじゃなかった、権兵衛さんが」

ほほう、という顔で甚兵衛は、権兵衛と名乗った男に微笑《ほほえ》み掛けた。

「ですよね、権兵衛さん。だれだってそう思うんじゃないですか」

言われて瓦版書きは厭な顔をしたが、気付かぬ振りをして甚兵衛は信吾に言った。

「席亭さんはここを始めるまえは、仲間と講釈場に通ってたんでしょ。だったら、いろんな話のおもしろいところを繋《つな》いで、それらしく作っちゃえばいい」

「無茶を言わないでください。そんな乱暴なことができますか」

年嵩の瓦版書きが苦笑したので、甚兵衛は信吾に言った。

「権兵衛さんたちに、お茶でも飲んでもらったらどうですか。寒い中、立ち話もなんですから」

「いや、引き揚げよう。そう安売りのように権兵衛を並べられちゃ、まるっきり落ち着かねえ。また寄せてもらいまさあ、席亭さん。聞かせてもらえるまで、何度でもね」

足早に去る男の背中に信吾は声を投げた。

「悪かったですね、権兵衛さん。なんのお構いもできませんで」

若い瓦版書きは少しためらったようだが、なにも訊き出せないと思ったらしく、年嵩の男のあとを追った。

「甚兵衛さんが、調子をあわせてくれたので助かりました」

「権兵衛、ですか。どうせなら、もう少しそれらしい名を考えりゃいいものを」

「そうはおっしゃいますが、急に言われると意外と出ないものですよ」

「おはようございます。お茶が入りました」と、格子戸を開けて常吉が言った。「火鉢の火も熾《お》きてますので」

「それはありがたい」とつぶやいてから、甚兵衛は信吾に言った。「来る途中でいっしょになったのですがね、桝屋《ますや》さんが、折り入ってお話があるとのことでして」

「席亭さんと甚兵衛さんがごいっしょだと、好都合です」

桝屋は良作《りようさく》という名だが、だれもが屋号で呼んでいた。息子の方が商才があるので、四十歳まえに隠居して悠々自適の日々を送っているとのことだ。信吾は心の裡《うち》で、勝手に「無口さん」と呼んでいる。

将棋大会を開催しようかとの相談にも、桝屋は初期から加わっていた。いつも穏やかな笑みを絶やさず、問われると答えるが自分からは言い出さない。「駒形」では五本の指に数えられる強さでありながら、そんな素振りはまるで見せたことがなかった。

信吾が大会参加の登録を開始した日、たまたま所用があって、桝屋は「駒形」を休んだのである。そのため登録番号が中ほどより下位になってしまった。

大会ではなるべく番号の近い順に対局しているために、桝屋は全勝を続けていた。常連の強豪、つまり甚兵衛や素七、島造などとの手合わせはまだであった。

そんな無口さんが折り入ってとのことなので、信吾は興味津々とならざるを得ない。

三

八畳間のほぼ中央に手炙《てあぶ》りが据えられ、周囲に座蒲団《ざぶとん》が巴《ともえ》に置かれている。炭の熾こるときの独特の臭いと、パチパチと火花の爆《は》ぜる音がした。

三人が座を占めると常吉が湯呑茶碗《ゆのみぢゃわん》を置き、銘々がゆっくりと茶を口に含んだ。

「総当たり制の不都合の件について、ではないでしょうか」

信吾が静かに切り出すと、桝屋は「さすがおわかりだ」とでも言いたそうに、笑みを深めた。話し出すのを待ったが、わかってもらえているのならなにも自分が言わなくてもということだろうか、無口さんを通している。

「大会を始めてすぐ気付きましたが、桝屋さんのお気持は痛いほどわかります。将棋を楽しんで指したいし、指す以上は強くなりたいとだれしも思いますからね。将棋の腕を磨くのは自分と同等の相手と、できればわずかに強い人と指すのが一番です」

そうですとも、とでも言いたそうに、無口さんはおおきくうなずいた。

「相手が強すぎてはいけません。それよりまずいのが、相手が弱すぎることです。駒落ち将棋もありますし、工夫次第ではそれなりに楽しめなくもないですが、本来の楽しみからは懸け離れています」

甚兵衛が桝屋とおなじように、何度もうなずいている。

「あまり続けて弱い人と指すと、弱くなるとまでは申しませんが、腕が鈍《なま》る。なんだか停滞しているように感じるものですよね、甚兵衛さん」

「それもあると思いますが、席亭さん。桝屋さんがおっしゃりたいのは、総当たり制なので力の差がありすぎてもかならず対戦しなければならず、そのため、むだが多すぎるということだと思います」

「たしかに考えが浅かったと、痛感しておりましてね。えッ、この方とですか。指さなくても勝負は見えてるものなあ、との嘆きを何度も耳にしましたから。さすがに厭味になるので、強い人はそうは思っても口にはしませんが。てまえも、時間のむだだなあと思わざるを得ませんでした」

「おそらくかなりの人が、言わないだけで感じていると思います。ですから、次回はだれもが納得するように、よい会にすればよろしいのではないですかな」

「今回は第一回ということですので、途中で変更する訳にはまいりません。取《と》り敢《あ》えずこの形で進めたいと思います。終わったあとで意見を出してもらい、話しあいで決めたいと思いますが」

そう前置きして、信吾は考えていることを二人に話した。

　まず期間が長すぎる。

総当たり制で将棋大会を開催すると宣言したところ、百八十三人もの登録があった。二ヶ月くらい掛かると見ていたが、いくらなんでも長すぎるのだ。

信吾が大会用に準備した盤は二十面なので、途切れることなく指し続けると、常時四十人が戦うことになる。勝負は四半刻《しはんとき》（約三十分）も掛からぬこともあれば、二刻（約四時間）を超えることもあった。

　大会は朝の五ツ（八時）ごろから夕の七ツ（四時）ぐらいまでなので、昼休みなしで指しても四刻（約八時間）となる。すべての勝負が半刻で決すると計算しても、一日当たり一面につき八局、二十面で百六十局となる計算だ。

　大会不参加の人用の盤が使えても、最大六面でしかない。特別対局用を加えても七面である。

　これでは師走と睦月《むつき》の二ヶ月で終了することは、むりであった。しかし信吾は、あまりにも負けが続くと大会から降りてしまう人、「駒形」の客でなくて今大会に申しこんだ人の中には、途中で来なくなる人もある程度の数になると見ていた。

　年の暮れには、その辺りが見えてくるだろうと予想していたのである。

　いずれにせよ原因が総当たり制にあるのはわかっているので、二回目からは今回の成績を踏まえて根本的に変更したい。

賞金を賭けた争奪戦は、次回からは上位の十名か二十名、せいぜい三十名で総当たり制にしていいのではないかと考えている。大会が終わって順位が出れば、文句を言う者はいないだろう。

ただし、第一回の総当たり制に参加せず、あとになって知った人が第二回に加わりたい場合はどうするか、との問題が残る。

次に今回の結果で順位は出るが、それは固定したものではない。自分の順位がわかれば発奮して上を目指す者も出て来るはずで、となれば全体の力量が上昇すると期待でき、「駒形」としては理想的な形になる。

また優勝三両、準優勝二両、第三位一両の賞金を決めたことにより、三位までに入れば名誉だけでなく賞金を手にできる。となれば目の色を変えて励む者も、出て来るにちがいない。

常吉が音を立てぬように気を付けながら、対局の準備をしていた。

まず座蒲団を向かいあわせて敷くと、そのあいだに、前日、客たちが帰ったあとで拭き浄めた将棋盤を据える。続いてその上に駒を入れた箱を置いていく。

それがすむと、八畳間、六畳間、板の間、奥の六畳間に火鉢や手炙りを配した。対局を始めると、十能《じゅうのう》に入れた炭火を埋《い》けてゆくのである。

横目で常吉を見ながら信吾は言った。

「ぐんぐんと力を付けてきた人を、どう扱うかなんですが」

そこで以前考えた入替案の一つを話した。

今回は百八十三人が参加したが、総順位が出れば、次回はこれを六十一人ずつ上中下の組に分けて、各組単位で総当たり制にすれば、対局数をずっと減らせる。

各組単位の順位が出ると、上の組の下位五人と中の組の上位五人、中の組の下位五人と下の組の上位五人の各十人ずつで総当たり戦をおこない、それによって一部を入れ替えてはどうだろうか、というものだ。

「上中下に分けても、それで固定できる訳ではありません。次の回から入れ替え制にしなければ、力を付けてきている人は不満を抱くと思います」

「三つの組に分けて入れ替え戦をおこなうことで、その問題はほぼ解消できますね」と、甚兵衛は言った。「ほかにどのような問題があるでしょう、席亭さん」

「今回の大会での順位は付けられますが、第二回から加わりたい人をどう扱うかというのも、それほど単純ではありません。つまり、その人を上中下のどこに組みこむか、ということですね。それに、どの程度になるかわかりませんが、入る人があるということは、辞める人もいることです。その点も、常に考えておかねばならないでしょう」

「新規の人の扱いですが、上中下のどの組を選ぶかは本人の申し出に従えばいいと思います。そうすれば勝っても負けても納得するでしょうし、次の回は中の組ならいい所までいけるとか、上の組でもなんとかなるのではないかと、指したときの手応えでわかると思いますから」

「賞金の争奪戦にもおなじことが言えますね。上位の決められた人数で争うとしても、それを知った外部の人とか、大会に参加して上の枠には入れなかったが、自分は十分に優勝争いができると、自負してる人もいるでしょうから」

甚兵衛もそれに関しては考えていたようだ。

「どのような制限を設けるか、ということになりますね。申し入れをすべて受け付ければ玉石混淆《ぎょくせきこんこう》で、あまり意味の感じられぬ対局も生じてしまいます」

「追加参加料を払ってもらうしかありません」と、信吾はきっぱりと言った。「それもかなりの額を、です。それを優勝金に加算すれば、どなたも納得なさるでしょう」

甚兵衛はしばらく考えてから訊いた。

「と申されると、いかほどを」

「一朱でどうかと思うのですが」

甚兵衛は考えこんだ。無口さんこと桝屋も目を閉じたが、計算しているのだろう。やがて甚兵衛が言った。

「四百文。席料の二十倍ですか」

そのころは、一両が約六千五百文の換算であった。一両の四分の一である一分が約千六百文、さらに四分の一の一朱がほぼ四百文になる。

「三位までに入る自信のある人には、決して多すぎる額でないと思いますが、余程の自信がなければ、席料の二十倍を払ってまで出ようとは思わないでしょう」

「考えましたな、席亭さん」と、甚兵衛が感心したように言った。「となると、争奪戦は上位の何位までと」

「十位で十分かな、と思います」

「二十位でどうでしょう」

桝屋がそう言ったので、信吾と甚兵衛は思わず顔を見あわせた。二人に見られて桝屋は顔を赤らめた。なるほどここまで内気なら、息子に早々に見世を任せて四十歳まえに隠居したのもむべなるかな、である。でありながら将棋の腕は、「駒形」の五本の指に数えられるのだから人はわからない。

二人が続きを待って黙ったままなので、桝屋は仕方がないというふうに喋《しゃべ》り始めた。

「将棋は考えの組み立ての上に成り立っていますから、それがいかに緻密であるかで勝敗が決します。ですから僥倖《ぎょうこう》とか紛《まぐ》れはまずありません。席亭さんのおっしゃる十位までで、決まるはずです」

でしたらどうして、と言葉にせずに信吾は待った。無口さんがこれほど喋ることはこれまでになかったし、これからもないと思ったからだ。

「人は自惚《うぬぼ》れが強いですから、十一位から二十位の人は自分にも十分、優勝の機会はあると思っています。ですから憤慨してかなりの人が、一朱の追加料を払ってでも参加するでしょう。それ以下の、つまり二十一位から下の人は、一朱を払ってもまずむりだと思うでしょうから、追加の参加は少ないと思います」

「なるほど」と、甚兵衛が言った。「十位で切っても、二十位までのかなりの人が、追加料金を払って参加する。優勝金額に加算されるかわりに不満が残る。であれば二十位までにしたほうが、事は滑らかに進み、歪《ひず》みも生まれない、ということですね」

「今回の大会に参加できなかった人や、二十一位から下の人の申しこみがあっても、三十人前後、おそらく以内に納まるでしょう。総当たり戦をやっても、それほど日数は掛けずにすみます」

「とてもいいお考えですね。桝屋さんのお考えを、のちほどみなさんに諮《はか》るとしましょう」

信吾がそう言うと、桝屋はおだやかにうなずいた。ということは無口さんにもどるということで、思ったとおり以後は聞き役に徹したのである。

「今申した方法には利点がありまして、上中下の各組で総当たり戦をおこないますから、全員のときより日数を短くできます。各組の勝敗が決すれば上中下の組の入れ替え戦をしますね。それと並行して優勝決定戦をおこなえば、それが決まるころには、各組の入れ替え戦も終わるでしょう。むだがありません」

「なるほど、おっしゃるとおりです」

甚兵衛がそう言ったので信吾は続けた。

「実はもう一つ、おおきな問題に気付いたのですが、多人数の総当たり制にしたので、参加できない人が予想以上に多かったのです。ですから、なるべく多くの人に参加してもらうという、大会のねらいを活《い》かすことができませんでした」

勝ち抜き戦ならともかく、総当たり戦となるとてもむりだと、「鶴の湯」のあるじに言われたことがあった。あの折にはさほど感じなかったが、以後もあちこちでおなじようなことを言われたのだ。

「大会のビラを貼らせてもらいに、あるいは寄付をいただきに廻《まわ》ったときもそうでした。参加受付を始めてからも、たくさんの人に言われましてね、残念だがそのやり方では出られないと」

考えてみればもっともで、働いている人に簡単に時間が作れるはずがないのである。「駒形」の常連は商家の隠居や二、三男坊が多い。それ以外の人の多くは、腕に自信があっても大会に参加できないのだ。

なるほど、という顔になってから、甚兵衛が訊いた。

「良案がございますか」

「夜もおこなうしかないと思います」

「うーむ」

甚兵衛は唸《うな》り声《ごえ》を挙げると、腕を組んで考えこんだ。信吾が黙って待っていると、やがて甚兵衛は言った。

「何刻までとお考えですか」

「五ツでしょうね。夕刻の七ツごろには仕事を終えられる人が多いですから、二刻は指せます」

「普段は朝の五ツから夕の七ツまでですな。四刻ですが、夜の五ツまでとなると、朝から指してる人は、夕刻には相当に疲れているので、遅く来る人に較べかなり不利ではないですか」

「大会に出られる方は、なるべく九ツ（正午）から夜の五ツのあいだに出てもらいます」

「すると『駒形』を開けるのは九ツということに」

「いいえ、従来どおり五ツから開けます。対局を楽しみたいだけのお客さんも、いらっしゃいますから。ただ大会の対局は、できれば九ツから願いたいと。もちろん、双方の都合がつけば朝早く指していただいてもよろしいのです」

「すると席亭さんは朝の五ツから夜の五ツまで、六刻（約十二時間）も詰めっ放しになりますね。きつくないですか」

「てまえは対局をしませんから、それほど疲れないと思います」

「それにお若いですから」

「お客さまもご自分の都合にあわせられますので、いいかもしれません。朝一番に見えて一、二番指します。一度帰ってひと休みし、あるいはひと仕事して、夕方に一、二番の対局をこなすとか」

「今回の遣《や》り方《かた》に縛られることなく、だれのためになぜ将棋大会をおこなうかということを、第一に考えればいいのですな」

「そういうことです。大会を始めて、まだ四日がすぎただけですよ。それでもいろんな問題が、次々と出てきました。このあともなにかとあると思います」

「柔軟に対していくということですな。しかし夜もおこなうとなると、参加者が今回をグンと上廻るのではないですか」

「むしろ減ると思いますよ」

「えッ、だって出られる人はずっと多くなるのですよ」

「今回は開所一周年記念大会ということで、多数の方に参加していただきました。ですが順位が出てしまうと、下位の人、賞金がねらえるとか、上位に喰《く》いこめる可能性がまるでない人は、楽しめればいいのだからと、大会に参加せずに、おなじくらいの腕の人と指すほうを選ぶでしょう」

「しかし出られないと嘆いていた人たちが」

「第二回は増えるでしょうが、それが頂点となると思います。第三回からはある程度安定するでしょう。大会参加者は、賞金や上位入賞がねらえる人、強くなりたいとひたすら努力している人、などにかぎられると思うのです。ほとんどの人は大会には見向きもしないで、ただおなじ力量の人との対局を楽しまれるだけになると思います」

「なるほど、そこまでお考えですか。そうでしょうな、何回かおこなえば、ほぼ、形ができるでしょう」

「ところで先ほどの」と、思いがけず桝屋が言った。「力の差がある場合の対戦ですが」

「それがなにか」

「大会が終わってよりも、早めに明らかにしたほうがいいと思うのですが」

「と申されますと」

無口さんこと桝屋は言いにくいのだろう、もじもじし始めた。信吾は桝屋の言いたいことがわかった。

「とてもかなわないと思った人に、気持よく辞退してもらう、それも気まずい思いをせずに、ということですね」

「難しいですよね」

うーんと信吾が唸ったところに格子戸が開けられ、「おはようございます」と客が姿を見せた。

四

定刻と決めている訳ではないが、それまでは五ツを目処《めど》に客は集まっていた。ところが大会になってからは次第に早まり、五日目は六ツ半（七時）でほとんどの座蒲団は埋まってしまった。

信吾は成績表をたしかめながら、対局者を決めてゆき、勝負が終わるとそれを記録して両者に確認してもらう。そして次の対戦を決めるのである。

五日は手習所が休みなので、子供たちが来る日であった。瓦版に載った日にさっそくやって来た子もいたが、目があうと信吾は首を横に振ったのだ。

それで諦める訳がないので、今日は相手がなにか言い出すまえに先手を打った。大会の邪魔になるので、おとなしくしないと席料を返して帰ってもらうぞ、と釘《くぎ》を刺しておいたのだ。

「それよりも、いろんな人の対局を見せてもらいなさい。見てるだけでも気付くことが多いから、対局するよりためになるだろう」

信吾にそう言われては、子供たちも素直に従うしかないようだ。瓦版に書かれたことを大人に聞かされて、信吾は怒らせたら怖い人なんだ、という気もあったにちがいない。

前日ほどではないが、それでもかなり頻繁に常吉が信吾を呼びに来た。瓦版で知って一目見ようとやって来た野次馬には、大会中は相手できないと言わせているのだが、どうしても信吾を出せと、強引に迫る者がいるらしい。

常吉に言わせたのとおなじことを言って信吾が丁重に断ると、満足して引き揚げる者がほとんどであった。顔を見て話したい、ひと声でもいいから信吾が喋るのを耳にしたい、ということらしい。もしかしたら、それを仲間に自慢したいのではないだろうか。どうにも困った連中であった。

「信吾さん、洗濯物だよ」

通い女中の峰が風呂敷包みを持って来た。

「いつもすみませんね」

「汚れ物、もらってくから」

「常吉、お峰さんに洗濯物を渡しておくれ」

「へーい」

瓦版に書かれてからというもの、大会のあいだは信吾と常吉は宮戸屋に泊まることにしたので、峰には食事は作らないでいいと言ってある。

昼は勝負の記録や対局者決めがあるので、信吾は「駒形」を空けられない。決着がつくまで食事をしない人もいた。食べに出る訳にいかないので、常吉と二人で毎日のように店屋物か、立ち喰いの蕎麦《そば》または饂飩《うどん》となりそうだ。

茶を淹《い》れたり掃除をしたりは、宮戸屋の奉公女の松《まつ》がすることになっていた。そのため峰の仕事は洗濯だけである。

「でもお給銀はそっくり払いますから」

「なんだか悪いわね」

「こちらの都合でそうしてもらってるのだから、当然ですよ」

信吾は席亭としての仕事をこなしながら、桝屋の無口さんに言われたことを断続的に考えていた。つまり力の差のある者同士の、はっきり言って大勢に影響のない勝負を減らす、という命題であった。

滅多に喋ることのない桝屋に、「大会が終わってよりも、早めに明らかにしたほうがいいと思うのですが」と念を押されていた。

はっきりと力量の劣る者に、勝負を辞退してもらうという呼び掛けであった。その人に屈辱を与えてはならない、との条件が付く。

それを文にして、壁に貼り出すことにしたのだ。いざ纏《まと》めようと思うと、どうしてこれが難しい。

信吾はあれこれと文を組み立てようとするのだが、いくらか纏まり掛けたかなと思うと常吉が呼びに来たり、勝負が決着するなどの繰り返しであった。

「多くのお客さまからのご要望がありましたので、ご協力いただきたく願います。対局をするまでもないとお考えの場合は、対局決めの折に、席亭まで申し出てくださいますように」

どうも思うように纏まったとも思えなかったが、信吾はその下書きを、甚兵衛と桝屋の手が空いたときに見てもらった。問題がなければ清書《きよがき》して、明日の朝にでも壁に貼り出すつもりだ。

また成績表は登録番号順に整理してあるが、その番号の人が勝った場合は、相手の番号のまえに◯を、負けたときには×を付している。辞退した場合、その人は相手番号のまえに△を付けることにした。

つまり×や△に関係なく、◯の数が多いほど順位が高いということになる。

「成績表は言ってもらえばいつでもお見せする、ということでどうでしょう」

桝屋は信吾が早急に対処したことに、満足の笑みを漏らした。

甚兵衛は成績表を清書して壁に貼り出したいと言ったが、それだけの空間がなかった。賞金のために寄付してくれた人や見世の名を羅列した「花の御礼《おんれい》」が、おおきく壁面を占めていたからである。

大会参加者や見物人には、「花の御礼」を念入りに見る人が多い。それなりの効果はあるようで、次回からの寄付が集めやすそうだ。

成績表は九枚あるが、勝負が決まるたびに書き加えていた。書きこみが一杯になればその下に貼り足すことにしているので、そのすべてを展示することなど、とてもむりだからである。

昼の食事を終えた信吾が伝言箱を開けると、紙片が入っていた。

「八ツ半（三時）に、カヤ寺の境内に来てください。かならずですよ」

名前は書かれていなくても、水茎の跡からして女性《にょしょう》らしいとわかる。どうせ野次馬だろうと思いはしたが、伝言箱に入っていたからには、よろず相談屋のあるじとしては等閑に付す訳にいかないのである。

ちょうど甚兵衛が手空《てす》きだったので、信吾はあとを託して、榧寺の別名を持つ正覚寺に急いだ。

信吾がならず者を退散させた榧寺を指定したということは、そのときの状況を詳しく聞きたいとの思いがあるからだろう。できれば避けたかったが、そうもいかない。

榧寺まではわずかな距離だが、それでも何人かに声を掛けられ、そのだれもが話したそうであった。信吾は用があるので早足で、というふうを装ったが、現に急いでもいたのである。

山門を潜《くぐ》ると、信吾はさり気なく境内を見渡した。孫を遊ばせている老人や、ひと休み中らしい棒手振《ぼてふ》りの小商人《こあきんど》、本堂の賽銭箱《さいせんばこ》のまえで手をあわせている人もいた。だが、それらしき人は見当たらない。

しかし「かならずですよ」と書いたからには、どこかから見ているはずである。

信吾は本堂の角の辺りで、腕組みをして目を閉じた。そのほうが、相手が近付きやすいと思ったからだ。

ほどなく反応があった。化粧の匂いとともに、足音を忍ばせて背後から近付く気配がしたのである。

匂いが急に濃くなったと思うと同時に、両手で目を塞がれた。背中を押す弾力のあるものが乳房らしいと気付いて、思わず信吾は顔を赤らめた。相手が背伸びしたため踵《かかと》が浮いたからだろう、下駄《げた》の爪先が地面に触れたと思われる音がした。

「だーれ、だ」

あるいはと思っていたが、その声は瓦版が出た日に聞いたので耳に残っている。

「田原町二丁目の糸屋のお絹さん」

「キャーッ」

悲鳴か歓声かわからぬ声がして、目を塞いでいた手が離された。

振り向くと、目を真ん丸に見開いた絹が、口までおおきく開けていた。背後にいるお供の中年の下女が、「やってられませんよ」とでも言いたげな顔をしていた。

「憶えていてくれたのね」

「二日まえですから」

「すると、ほかの人の名も憶えてますか」

「ええ、多分」

「言ってみて、ねえ、順番に、ねねね、いえ、順番はどうでもいいから、憶えてる名を言ってみて」

そう言って絹は、信吾の顔を喰い入るように見ている。自信がある、とまでは言えなかったが、信吾は思い出しながら名を並べた。

「おシマさん。おテイさん。カサネさん。それから、おシズさん」

「もう一人」

「えーッと、おタミさん、でしたっけ」

顔を輝かせていた絹が、がっかりしたような顔になった。

「ちがってましたか」

「ううん、あってたわ」

自分だけの名を憶えていてほしかったという乙女心だったのだ、と信吾は遅《おく》れ馳《ば》せな

言い聞かせた。
女性、それも若い相手には、そのような微妙なことにも気を付けねばな、と信吾は心に
ほかの人の名前は忘れてしまいました、と言えばよかったのだろうが後の祭りである。
から気付いた。

　気を取り直したように絹が訊いた。

「ね、ほかの人からなにか言ってきた」

「なにかと言いますと」

「伝言、入ってませんでしたか」

「いえ。お絹さんが初めてです」

「だと思った。伝言箱に気付いたの、あたしだけだと思ってたんだ」

「ところでお絹さん」

「は、はい」

「てまえはよろず相談屋のあるじですので、伝言箱に入れられていたお便りを拝見して、それに従いました。今は将棋大会をやってますので、もし御用がそれだけでしたら、これで失礼したいのですが」

「だって、相談が」

「どのような相談でしょう。そのまえに断っておかねばなりませんが、てまえに関する

相談には応じられないのです。ほかのみなさんにも伝えていただけますか」

「だって、よろず相談屋の看板を挙げているということは、よろずの、つまりどんな相談にも応じるということでしょう」

「はい。ですが、てまえはよろずではありませんので」

言葉の詐術《ごまかし》である。きょとんとした絹に、信吾は笑い掛け、そして言った。

「本来でしたら相談料をいただかねばならないところですが、お絹さんの場合は特別にいただきません。では、失礼いたします」

信吾は踵《きびす》を返すと、足早にその場を離れた。早口で何事かを言い続ける声と、それを宥《なだ》めるお供の女の低い声が重なった。

山門を出ると目のまえは日光街道で、北に少し歩いて右に折れ、大川に向かう。

「駒形」のまえには野次馬が屯《たむろ》し、信吾らしいと気付いて話し掛けようとする者がいた。だが、「記念将棋大会中ですので、申し訳ありませんが」と格子戸を開けて後ろ手に閉めた。

「甚兵衛さん、お世話を掛けました」

「早かったですが、片付きましたか」

「ええ、取り敢えずのところは」

「女人《にょにん》だったようですね。だから席亭さんは、逃げ帰ったのでしょう」

やはり海千山千には勝てっこない。

背後から目隠しされたときに抱き付かれたので、着物に匂いが移ったのだろうか。だがそれに気付くとは、甚兵衛さん、隅に置けないではないか。

以前、ちらりと、親友の奥さんから恋心を打ち明けられたことがあったと、洩《も》らしたことがある。作り話だと甚兵衛は惚けたが、おそらく事実だったのだろう。

五

信吾と常吉は宮戸屋のほかの者、つまり家族や奉公人より早く朝食をすませた。大会があるためにそうしてもらっているのだが、お茶漬けに味噌汁《みそしる》、香の物、そして煮物か焼き魚が一品付くだけである。これでも江戸の庶民の朝食としてはいいほうで、朝はお惣菜《そうざい》が付かないことが多かった。

「駒形」にもどると、信吾は前日の断り書きを清書した。墨が乾くまでそのままにして縁側に出る。

瓦版が出た三日の夜から、棒術や鎖双棍の連続技、そして木刀の素振りを休んでいた。四日の朝からは、鎖双棍のブン廻しも中止したままだ。

まだ三日しか経《た》っていないのに、体が鈍ったような気がしてならなかった。鎖双棍を振り廻すときの、ヒュンヒュンと鎖が風を切る心地よい音を耳にしないでいると、体の芯が疼《うず》いてならないのである。毎日続けていたので、体にそれが染み付いてしまったのだろう。

　かなりの武芸の達者であると天眼に書かれたのだから、鍛錬するところを見られても差し支えないと思わぬこともない。しかし信吾にすれば、実際にやっているところを見られるのは、やはり抵抗があった。

　瓦版で話題になってからは、まだ早い時刻に「駒形」の周りをうろついている者がいたりする。実際に鎖双棍のブン廻しを見た人は、だれかに話さずにはいられないはずだ。そんなくだらぬことで、噂の種になりたくなかった。

　ほとぼりもそのうちに冷めるだろうから、もう少しの辛抱だ。十日か半月か。まさか七十五日も、ということはあるまい。

「硯《すずり》を洗うまえに、使わせてもらいます」

　言われて振り向くと、常吉がお手本の往来物と反故紙《ほごがみ》、そして筆を手に立っていた。

　磨《す》った墨をすぐに洗わず、そのままにしておくと固まってしまう。だから磨り残した余分な墨を洗い流さなければ、硯を傷めることがある。常吉は洗うまえに手習をしたいと言っているのだ。

「いいですよ」

「ありがとうございます」

微《かす》かに香りがしたのは、自分が書くまえに墨の具合を整えているのだろう。冬の弱い陽光が射《さ》し始めた。それが障子を薄赤く染めただけで、気のせいか暖かくなったような気がした。

――あの、相談があるのですが。

不意に話し掛けられたが、信吾はそれほど驚きはしなかった。先刻から縁の下に生き物の気配を、それもかなりためらっているらしいのを感じていたからだ。

――いいから顔を見せなさい。心配することはないよ、今は常吉しかいないから。

少し間があって、床下からずんぐりとした体の、暖かそうな冬毛で覆われた狸《たぬき》が姿を見せた。灰褐色の体毛は所々に濃褐色が混じって、目の周囲や足先は黒っぽい。

成獣ではなく今年生まれの豆狸《まめだ》であった。狸は春の睦月、如月《きさらぎ》、弥生に発情して交尾すると、ふた月あまり腹に仔《こ》を宿す。

生まれるのは五匹から七匹が多く、仔狸は一ヶ月半から二ヶ月で乳離れする。この豆狸は母狸に教わりながら、餌の取り方などを学んでいる時期だろう。

人で言えば、手習所に通っている年ごろだろうか。丸いちいさな黒目が、くりくりと輝いている。

――相談には乗ってもいいが、よろず相談屋だから相談料をもらうことになっている。

初めに言っておくけれど、払えないならだめだぜ。

――そのことも相談させてください。

――金をもらっても、次の日に見たら木の葉になってる、なんてんじゃかなわないからな。

――そんなインチキはしません。それじゃまるで……。

豆狸は「しまった」という感じで口を噤《つぐ》んだ。

――人間じゃないですか、と言いたかったようだな。

――はい。あッ、いえ、ち、ちがいます。決してそんなつもりは。

しどろもどろさが常吉の受け答えにそっくりなので、信吾は思わず笑いそうになった。

――お金は払えませんが、その代わり、だれも知らないことを、信吾さんだけに、特別に、こっそり、教えてあげますよ。

もったいぶって、区切り区切り豆狸は言った。

――だれも知らないって、例えば。

思わず身を乗り出しそうになって、信吾は無関心を装うのに苦労した。相手は幼獣とはいえ狐狸《こり》妖怪の類だから、足もとを見られてはならない。

――将棋大会の優勝者の名前を、教えてあげましょう。

――それがわかるのか。一体だれだ。

――今は言えません。

――焦《じ》らすんじゃないよ。ははん、取引を有利に運ぼうという腹づもりだな。

――そうじゃありません。やっと五日がすぎて、今日でまだ六日目じゃありませんか。大体の見当は付いてますが、はっきり言えるのは、あと十日か半月いただかないと。

であれば信吾にも目星が付くだろうが、一応話を聞くことにした。

――見当が付いてるなら、めぼしいところを何人か挙げてみな。

――ということは、相談に乗っていただけるということですね。

うまく運ばれたなという気がしないでもなかったが、信吾は請けることにした。困った者の悩みを解消するのを目的に、「よろず相談屋」を開いたのだ。

たとえ人でなくとも、困った者のためにならないのであれば、設立の初志に反することになる。などと理屈を付けはしたものの、実のところは狸の悩みがなんであるかを、知りたかったのだ。

――だが、そのままじゃだめだ。めぼしいところを三人ばかり挙げてみなよ。

――信吾さんのおっしゃることも、ごもっともです。では申しましょう、次の三人の中から優勝者が出ます。

今度はたまらず身を乗り出してしまったが、なんとここに至って、豆狸はたっぷりと間を取ったのである。

豆狸はおもむろに言った。

——桝屋さん、甚兵衛さん、太郎次郎《たろうじろう》さんの中から出るはずです。

それを聞けば話はべつだ。

先の二人は常連の実力者である。

大会開催を知って応募した中に三人ほど強豪がいたが、太郎次郎はその筆頭であった。

となれば応じるしかない、というより、信吾は豆狸の相談が一体なになのか早く知りたかった。とはいうものの、簡単に請けるのも癪《しやく》である。

——しかし、本当はだれが優勝するか知っているのだろう。

——えッ、どうしてそう思うのですか。

——勝負を見もしないのに、有力な三人の名を挙げた。であれば優勝するのがだれか、とっくにわかっているはずだ。相談に乗ってもらうために、勿体《もったい》を付けたんだな。

しばらく間があった。

——だってわかってしまっては、大会の主催者としては、なにかあるたびに顔に出そうになって困りますよ。

それはそうかもしれないが、でありながら素知らぬ顔をし通すのも愉快ではないか。

——かまわぬから言ってみろ。

——本当にいいのですか。後悔しても知りませんよ。

——ははん。えらそうに言ってるが、実のところはわからないんだな。

——そんなことはありません。

どうやら喰い付いたようである。もうひと押しだ。

——だったら言ってみろ。言わなきゃ相談に乗れないな。

ふーッと豆狸は溜息《ためいき》を吐《つ》いた。

——さっきおいらが言った順に、一位、二位、三位となります。

——桝屋さんが優勝、甚兵衛さんが準優勝で、太郎次郎さんが三位だな。

——一位が二人とも一敗なので決定戦となり、それで決まります。知らなかったほうがよかったと思いますけど。

——わかった。だったら、相談に乗ってやろう。

請けてしまった。

犬の体に閉じこめられた、幇間《たいこもち》の宮戸川ぺー助の相談に乗ったことがある。だがあれは犬の姿はしていても、中身は人間であった。しかし今回は、正真正銘の狸なのだ。よろず相談屋なので、どんな相談であろうと応じますと謳《うた》ってはいるが、いかなる相手であろうともと言明している訳ではない。しかし狸の相談を請けてしまったのである。

狸！

いいではないか。相談料の代わりに、対価にふさわしい秘密を洩らしたのだ。となれば狸だって立派な客である。

もっともその噂を耳にしてほかの生き物、牛や馬、梟《ふくろう》や獺《かわうそ》が相談に来ても、断ることができなくなってしまった。

まさか来ないだろう、とは言い切れないのである。現に豆狸が相談に来た以上は。

——で、なににお困りだい。

——母さんが人の仕掛けた罠《わな》に嵌《はま》りそうになったところ、なんとか逃げることができたのですが、脚に大怪我を負ってしまったんです。

——わかった。よく効く傷の膏薬《こうやく》をなんとかしてくれないか、と言いたいのだな。

——いえ。傷は丁寧に舐《な》めていると、日にちは掛かりますが治すことができます。それに人の薬は狸にはきつすぎて、腫れたり、爛《ただ》れたりすることがあるそうです。

——なるほど、そうかもしれんな。ところで、兄弟はいないのか。狸は一度に五、六匹の仔を産むと聞いたぞ。おまえだけで世話するのはたいへんだろう。

——いっしょに生まれた者はみんな巣立って、体がちいさいおいらだけが残ってたんです。餌の獲《と》り方が大分うまくなったから、もう少しで巣立ちできるね、と言われたばかりだったのに、母さんが罠に。

——そうだったのか。それにしても、人は酷いことをするなあ。わたしも人だけど、腹が立ってならないよ。

——ですから母さんが自分で獲れるようになるまで、餌をいただけませんか。おいらは自分の餌をなんとかするのが精一杯で、困り切っていました。そしたら、駒形堂の少し南に生き物と話せる信吾さんという人がいると聞きましたので、なんとか相談に乗っていただきたいと。

——親孝行したいという、その気持が気に入った。親孝行したいときに親はなし、って言うからな。

相談を持ち掛けられたと言っても、餌を用意するだけならお安いことだ。それに信吾はこれまで、狸ではないが、生き物に何度も力になってもらっている。恩返しをするにはいい機会ではないか。

——わかった。人のしでかした罪の償いのつもりで、食べ物はなんとかするよ。ところで狸はどんな物を食べるんだ。

——ありがとうございます。なんでもと言っていいほど食べますし、食べられます。鼠《ねずみ》や土竜《もぐら》、鳥とその卵、魚なんか内臓《はらわた》から骨まで食べますよ。ほかにも蛙《かえる》やバッタのような虫、蟹《かに》に鰕《えび》などですね。生き物だけでなく、柿や枇杷《びわ》のような果物も好きですし、果物の種も好物です。草の葉や新芽だって食べますから。

——ほとんど人とおなじだな。

——そうですね。そう言えば残飯、人の食べ残しもよく漁《あさ》ります。

――わかった。これから母さんの傷が治るまで、毎朝、用意してやろう。どこへ持って行けばいいんだ。

――ここでいいです。縁の下に置いてくれたら。

――まさか、床下に住んでるんじゃないだろうな。

――ここには住めません。犬に襲われたときに、逃げようがありませんから。母さんはべつの安全な場所に。

――すると、そこまで持って行かなくてはならないだろう。

いくら相談に訪れたといっても、やはり人を信じ切っていないということだろうか、と信吾は思った。人の近くで生きねばならない狸は、そこまで慎重でなければならないのかもしれない。それだけ、人は生き物にとっておぞましい存在ということだ。

――おいらたち狸は全部丸吞《まるの》みにして運び、それをすっかり吐きもどすのですよ。親が仔に餌を運ぶときもそうです。銜《くわ》えたまま運べる物はそうしますが、それほど多くありませんから。

――わかった。それじゃひとっ走りして、持って来てやろう。縁の下で待ってなさい。

――ありがとうございます。信吾さんに相談してよかった。

「常吉」

「へーい」

「出掛けて、すぐもどるから留守を頼むよ。一番早いのは甚兵衛さんだと思うけど、ほかの人が来たら席料をいただいて、しばらく待ってもらうように。宮戸屋だから、それほど掛からないだろう。成績表を預けておこう」

「わかりました」

「字を書く稽古を続けなさい。もどったら見てあげるから」

返辞を待たずに信吾は格子戸を開けて外に出ると、日光街道に出て右折し、北に道を取った。

六

「桝屋さんの慧眼《けいがん》には、敬服するしかありません」

「いえ、感じたことを言っただけですから」

と言い掛けて桝屋は口を噤んだ。席亭の信吾に敬服するなどと言われ、照れてしまったのだろう。

それにしても、まさかこれほどの反応、効果があるとは信吾は思いもしなかった。やはり、やってみないとわからないことは多い。

「駒形」に入るなり目につく壁に、例の対局辞退の断り書きを貼り出したのである。これまで五日間の対局で、おおよそのことはわかっていたからだろう。そして信吾が常に携えている成績表を見て、あれこれ考えた者もいたにちがいない。

自分が指したことのある相手との対戦結果を見ていけば、これから指すことになる者の力が自然と判断できる。だから力の差がありすぎると対局を避けるようになったのだ。断り書きにあるのだから、なにもためらうことはない、ということである。

「遠慮しときましょう」「むだなことはいたしません」「それでいいですよ」「勝ちを譲ります」「せっかくの断り書きを無にしてはなりませんからね」

そんなふうに言うだれもに共通しているのは、「不戦敗でいいですよ」と言わないことであった。戦わずに負けを認める、事実はそうであっても、だれ一人としてその言葉は口にしたくないらしい。

結果、この相手なら勝てるはずだ、とか、まずは互角だろうな、あるいは、相手が少し上かもしれんが、差はわずかなので勝つ機会は十分にある、とその辺りの対局にかぎられるようになったということだろう。

だれだって力量の近い相手と指したいし、力が上すぎても下すぎてもおもしろくない。指していて、なんの楽しみも喜びも得られないということだ。

総当たり戦を前提に始めたので、相手が強かろうが弱かろうが対局しなければならない。連続して負けることは、当事者にとってはたいへんな苦痛であったのだと、信吾は改めて気付かされた。

　将棋指しにとって敗戦がいかに惨めであるか、「駒形」を開いてから、客に対局を挑まれても負けたことのない信吾は、敗者の心理を慮《おもんぱか》ることができなかったのだ。

　負けること自体が口惜《くや》しくてならないのに、成績表に×を付けられる。バツは全否定であった。ところが辞退すると△で、この差は想像以上におおきい。

　×は大差であろうと僅差であろうと、明らかに敗北を意味した。しかし△となると、相手の力を認めて手を引いたというところが、実に奥ゆかしく、潔いと感じられる。ほんのわずかなちがい、いや、負けは負けでしかないのだが、なんとも清々《すがすが》しく感じられるから妙だ。

　そんなこんなで六日目の対局では、なんと午前中だけで七つの△が出た。成績表には、以後は加速度的に△が増えることになったのである。

　貼り紙には予想していない効果もあった。「駒形」の雰囲気が、随分と明るくなったのが感じられたのだ。上中下のそれぞれで、力量の近い相手と盤をあいだにして向きあえるようになったからだろう。それがいい意味での緊張感を生んだのである。随所に淀《よど》みが感じられていたが、明らかに流れがよくなったのがわかった。

「随分、すっきりしましたね。なにがって、雰囲気が、ですよ」

　甚兵衛に言われて、信吾はおおきくうなずいた。

「うまくいけば、年内に結果が出せるかもしれません」

「まさか、そこまでは」と笑ってから、甚兵衛は真顔になった。「年に二回の開催も、考えねばなりませんね」

今回の大会が契機となって切磋琢磨《せっさたくま》するようになれば、短期間で飛躍的に力を付ける者も現れるだろう。日々の対局でそれを実感すれば、とても一年後の大会を待てないようになるかもしれない。

「年内に終えることができれば、つまりひと月ですませることができたら、年二回も考えるべきですね」

そう口に出したからかもしれないが、信吾は年二回の可能性が急に高まったような気がしたのであった。

「また来たぜ」

権六である。今日も三人の子分を連れていた。

「親分さん、お役目ご苦労さまです」

それには応えず、権六は土間に立ったまま八畳間、六畳間、そして板の間の客たちを念入りに見渡した。

「あいつの顔が見えんな」

「あいつ、と申されますと」

「初日に顔を見掛けたが、置き引きや、懐ねらいをする手癖の悪いやつよ」

大会初日にやって来た権六は、怪しいのが紛れこんでいるので、持ち物や懐物に気を付けるようにと言っていた。

「瓦版の出た日にも来たが、あんときゃ見物人も押し掛けてたし、将棋どころじゃねえって騒ぎで、よく見なかったんだが」

「そう言えば、初日だけお見えのお客さまもいらっしゃいましたね。その後お見掛けしませんが」

「おれがときおり面ぁ見せると言ったんで、やべえと思ったんだろう」

権六は十日か半月に一度くらいしか顔を見せないようになっていたが、将棋大会が始まってからは初日、三日目と来ていた。そして六日目の今日も、である。

やはりこのような出入りが自由な集まりには、よからぬことを企《たくら》んでいる連中が紛れこむことが多いということだろうか。

毎日のようにやって来る見物人もいるが、これは根っからの将棋好きだろう。初顔もやって来るが、中には目付きの良くないのもいた。十手持ちがときおり顔を出す、しかもいつ来るかわからぬとなると、よからぬ連中は警戒して姿を見せる訳にいかない。権六もその効果をねらっているのだろう。

いずれにせよ信吾にとってはありがたいことであった。だから信吾は一朱を包んで、帰り際の権六にそっと握らせようとしたのである。

「なんでえ、これは」

「お客さまになにごともなく、日々恙《つつが》なくすごせるのは、親分さんのお蔭《かげ》でございます」

「そういうことか。だったら気持だけ、ありがたくもらっておかあ」

「ですが、これは」

「ほかんとこでありゃ黙ってもらうところだが、おれと信吾のあいだでこういうことは、よしにしてもらおうじゃねえか」

だれもが対局を中断して見ているので、信吾は窮してしまった。まさか受け取らないとは、思いもしなかったからである。父の正右衛門ならどうするだろうか、などと思うのだが、なにはともあれうまく乗り切らなくてはならない。

「おい信吾、そんな辛《つら》そうな顔すんなよ。おれが悪者、いじめ役になっちまうじゃねえか。わかった、ありがたくいただくよ。こいつらに」と、権六は四角く張った顎で子分を示した。「飲み食いさせてやるとしよう。だがこれからは、おれと信吾のあいだでこういう真似《まね》はせんでくれよな。おい、みんな、席亭さんの奢《おご》りで飲ませてもらおうぜ」

「信吾さん、ありがとうございます」

「では、遠慮なく」

「なんかあったら、いつでもあっしに言ってくだせえ」

三人の子分が一斉に言うと、権六は軽く信吾に手を振り「駒形」を出て行った。

姿と足音が消えると、だれもがほっとした顔になった。

「楽しい幕間《まくあい》狂言でした」と、甚兵衛が言った。「信吾さんも信吾さんだが、権六親分も貫禄《かんろく》が出てまいりましたね」

信吾はひたすら客たちの対局を決め、勝負が終わると記録を付ける。

よく続くと思うのだが、ひっきりなしに野次馬がやって来た。その都度、申し訳ないですが将棋大会中なのでお会いできませんと、常吉が断りを入れるのである。

多くが若い女性で、顔を見せなきゃ帰らないと駄々をこねるため、仕方なく格子戸を開けて外に出なければならないこともある。キャッキャと黄色い声を挙げて、それでも満足したらしく帰って行くのであった。

客を送り出して盤と駒を拭き浄めると、信吾は常吉と湯屋に汗を流しに行く。ところがそれがわかってからは「駒形」のまえで待っていて、「松の湯」までの短いあいだに、なにかと話し掛けてくるようになった。

それればかりか、時間を見計らって湯船で待っている者さえいた。ほとんど毎日のように湯を浴びるので信吾は「烏《からす》の行水」であったが、そのためますます早くなってしまった。

一度「駒形」にもどってから、席料をまとめて宮戸屋に向かう。わずか八町（九百メートル弱）ほどの道中にすら、ぞろぞろと付いて来るのであった。

自分からは話さないが、訊かれたら答えるしかない。相手は変わっても問われることはほとんど決まっているので、信吾としてはうんざりせざるを得なかった。

しかしそこは商人の子で、自分も将棋会所とよろず相談屋をやっている以上、にこやかに受け答えする、というか、してしまうのである。

そのため宮戸屋に着くとホッとするのだが、六日目は事情が変わっていた。迎えた母の繁が、いつものような笑顔ではなかったのである。

「上総屋《かずさや》さんがお見えなの」

気の毒そうに言ったので事情はわかった。

得意先の上総屋は信吾が瓦版に書かれて以来、話を聞きたくてたまらなかったようだ。宮戸屋に泊まるようになったというのを聞いて、好都合だと思ったにちがいない。「駒形」は人で溢れているとのことなのでためらっていたが、客として宮戸屋に乗りこめば拒否できないからである。

料理と酒を註文《ちゅうもん》すれば宮戸屋の客である。両親に迷惑を掛けっ放しの信吾とすれば、親孝行のいい機会であると割り切るしかない。

「瓦版のことを聞きたいのでしょう。いいですよ」

心を決めた以上、明るく振る舞うのが信吾である。ジタバタしても始まらない。

「そうかい。でも疲れてんだろ」

「お客さまですからね、宮戸屋の。これを知ったら、親類やお得意さんが、連夜押し掛けるようになるかもしれません。お相手はしますが、座敷の掛け持ちはできませんから、客は一人か一組に絞ってくださいね」

繁は両手をあわせて信吾を拝んだ。さすがに親だけあって、よくわかっているのだ。

しかし、座敷に入った信吾は、唖然《あぜん》とならざるを得なかった。五人が一斉に笑顔を向けたからである。上総屋のあるじだけでなく、女将に娘と息子、そして母親もいた。この母親、ひっきりなしに喋り続けることから「雀《すずめ》のお竹《たけ》さん」の渾名《あだな》で知られている。

家族がそろって来たのは、当然かもしれなかった。知りあいの宮戸屋の息子信吾が、瓦版に派手に扱われ、その噂で江戸中が持ち切りなのだ。あるじだけだとなると、家族が黙ってはいないだろう。いや女将が夫、あるいは「雀のお竹さん」が息子を、けしかけたのかもしれなかった。

座敷では、信吾はできるかぎり控え目に、問われたことに答えるだけに徹した。こんなとき、少しでも自慢げに振る舞うと、一気に評価がさがることをわきまえていたからだ。

親類やお得意さんが、連夜押し掛けるようになるかもしれませんと信吾は母に言ったが、なるかもしれませんでは収まりそうにない。かならずそうなるにちがいないと確信した。

上総屋の面々は、瓦版を何度も読んで憶えてしまったにちがいない。重箱の隅を楊枝《ようじ》でほじくるように細々と訊くので、信吾は閉口せざるを得なかった。

これが続くとなると親孝行も辛いものだなあ、そう思って信吾はげんなりとなってしまったのである。

翌朝、料理人喜作の息子喜一が、頼んでおいた前日の客の食べ残しを、まとめて包んでくれた。

「駒形」にもどると、豆狸のために縁の下に置く。それを待っていたようで、すぐに声がした。

――昨日はほんとうにありがとうございました。母さんが涙を流して、お礼を申しておりました。それに随分たくさんいただきまして。

――おまえさんの分も包んでもらったのだ。餌の獲り方を、母さんに教えてもらっていると言っていただろう。ひもじい思いをさせちゃ気の毒だからな。

――このご恩は一生忘れませんから。

豆狸は礼を言ったが、余程の律義者らしくて、それからは毎日のように礼を言われることになった。

将棋大会は十日目くらいから、次第に盛りあがりを見せ始めた。それまでは登録順ということもあって、おおよそではあるが上位は上位と、下位は下位との戦いが多かった。そのため下位の者の中にも勝率の良い者がけっこういて、○の数だけから見ると、優勝はむりとしても、上位をねらえるのではないかと思える者さえいた。

ところがそのころから上位との対戦が増えるようになったので、強い者は強いし弱い者は弱いということが、はっきりとわかるようになった。

そして十五日目、思いもしない異変が起きたのである。それまで全勝街道を突っ走っていた三人が、そろいもそろって一敗を喫したのだ。

三人の名は桝屋、甚兵衛、太郎次郎。豆狸が名を挙げた三人で、これで全勝者がいなくなった。それだけではない。その勝敗がなんとも劇的だったのだ。

まず豆狸が優勝すると言明した桝屋が、甚兵衛に負けた。その甚兵衛が太郎次郎に敗れたので驚かされたが、続いて太郎次郎が桝屋に負けてしまったのだ。

なんと三竦《さんすく》みで、優勝の行方は混沌《こんとん》としてしまった。

翌朝、例のごとく礼を言った豆狸にそれを伝えると、こう言ったのである。

――これでいよいよ楽しくなりますね。

――ああ、楽しみだな。

あっけらかんと言われたら、そう答えるしかないではないか。豆狸は自分の予言に自信満々なのだ。

べつの意味でも、十五日の大会は沸きに沸いた。

この日は手習所が休みである。なんとその時点で、ハツが堂々の九位だったのだ。しかも上位との対局もかなりの数こなしていたのだから、若年組の連中は興奮した。

信吾にとって気懸かりなのは、麻太郎からも取り次いだ松屋忠七からも、連絡がないことだった。しかし将棋大会がなんともおもしろくなってきたので、その結果が出てからでもいいかな、と思うようになっていた。

話すことが山のようにあったからである。

これが最初の一里塚

一

なるほど、そういうふうに考える人もいるのだ、と信吾は妙に感心した。

信三《しんぞう》と名乗った男は、将棋会所「駒形」のある黒船町の南隣の三好町《みよしちょう》、御厩河岸《おんまやがし》の渡し場に近い料理屋に信吾を誘った。そして二階の部屋に通されて、酒肴《しゅこう》が並ぶとこう切り出した。

「瓦版でご活躍を知りまして、野次馬根性を剝《む》き出《だ》しに将棋会所にようすを見に出掛けたのですよ。瓦版が出た当日ということもあって、ひどい混雑のため会っていただけませんでした」

ということは、ほとぼりが冷めるのを待ってやって来たということだ。

相談屋の客だと思っていたのに、瓦版を見て話を訊《き》きに来た野次馬ではないか、と信吾はがっかりした。もっとも、早とちりした自分にも落ち度はある。

天眼は瓦版に、ならず者を退散させた信吾が将棋会所だけでなく、よろず相談屋を営んでいることも書いていた。そのため相談に訪れる客があるかもしれないと、ひそかに期待していたのである。

　ところが十日をすぎて半月になるというのに、瓦版絡みでの連絡は田原町の糸屋の娘一人きりであった。しかも、信吾を呼び出すために伝言箱を使っただけで、相談ではなかったのである。

　ほかに問いあわせはなかった。

　そのような事情もあって、つい期待がすぎたのかもしれない。伝言箱を通じての打診が増えているのに、商家の主人らしき本人が、直接「駒形」にやって来たからである。商家の場合、番頭や手代が信吾の都合を問いあわせるのが普通だったので、その面からも珍しいと言っていい。

　信三がやって来たのは師走の十六日の夕刻、客や見物人たちがそろそろ帰りの準備を始めた、七ツ（四時）少しまえであった。表座敷の八畳間で観戦していると、常吉が呼びに来たのである。

「旦那さま。よろず相談屋の信吾さんにと、お客さまがお見えです」

　わざわざ「相談屋の」と指定してきたのであれば、野次馬ではなかろうと思ったのもむりはない。

「駒形」を終える時刻が近付いていたし、将棋大会が盛況のうちに進んでいるという心地よい緊張感もあった。信吾は軽い興奮状態にあり、つい期待してしまったらしい。

豆狸《まめだ》が優勝候補に名前を挙げ、信吾も有力と見ていた桝屋と甚兵衛、そして太郎次郎の三人がそれぞれ一敗して、三竦《さんすく》み状態となったのは十五日のことであった。全勝者が一人もいなくなったため二敗、三敗の者たちが、自分にも優勝の目があると色めき立ったのである。

将棋大会は俄然《がぜん》、盛りあがりを見せることになった。抜きん出た者がいないことで、優勝の行方は混沌《こんとん》たる様相を呈し始めたのだ。

「勝負は下駄《げた》を履くまでわからないと申しますが」

「これからですよ。とんでもない番狂わせはむりとしても、まだまだひと波乱ありそうです」

大会参加者はもちろん、見物人たちの目の色が変わってきた。

盛りあがりには、祖父に付き添われて本所から通う十歳の少女ハツが、百八十三人中、一桁の九位と健闘していることもあった。若年組は興奮したが、大人たちもその躍進には瞠目《どうもく》していた。

信吾は翌十六日からは、今まで以上に勝ち数の多い者同士を対局させるようにした。星の潰しあいをする中で強いものは自然と残り、総当たりの結果を待たなくても、早めに順位を決定できると思ったからだ。

対局する人たちも優勝や上位入賞を意識して、息詰まる熱戦が続いていた。一つの対局が終わるたびに、喚声やどよめきが起きるほどであった。

信吾が成績表に○と×を書き入れ、勝者と敗者にそれを確認する。浮上した者と沈んだ者が目に見えるのだから、異様な雰囲気に包まれるのもむりはない。

不戦敗の△も加速度的に増えていた。

常吉が呼びに来たのは、そういうときであった。

てっきり相談客だと思った信吾は、ほどなく終わるので四半刻《しはんとき》（約三十分）、長くても半刻（約一時間）にはならないと思うから、待っていただけますかと訊いた。男がうなずいたので、将棋を指すかどうかを問うと、「不調法でして」とのことである。

勝負が着いた客や観戦していた見物人たちが帰ってしまうと、常吉に将棋盤と駒を拭《ふ》き浄《きよ》めたら、一人で宮戸屋に行くようにと言い付けた。その日、信吾は「鶴の湯」へは行かなかったが、湯を浴びるかどうかは常吉の自由である。湯銭は二人分を月極《つきぎ》めで払ってあるからだ。

信吾は常吉に、お客と話があるので遅れると、母の繁に伝えるように言っておいた。

その日も甚兵衛が、盤と駒の手入れを手伝ってくれるとのことであった。あとを任せると、信吾は待ってもらっていた客と「駒形」を出た。

「あるじさんのご予定がわからなかったもので、見世を予約したり決めたりしてる訳ではありません」

男はそう断って、将棋会所からほど近い、御厩河岸の料理屋の暖簾《のれん》を潜《くぐ》ったのである。

そして座敷に通され、酒肴が並べられると瓦版の話を持ち出したのであった。相談屋の客でないとわかって信吾は落胆したが、信三と名乗った男はこう続けたのである。

「信吾さんが護身術を習われたのは、よろず相談屋を開くことを念頭に置いてのことだったのですね」

思ってもいない問いであったが、そのように考える人もいるのだと驚かされた。

「どういうことでしょう」

「その若さで相談屋を続けられるということは、並大抵ではないとお察しいたします。なにしろ相談に見えるのは問題を抱えた方ばかりでしょうし、得体が知れぬ相手もいるはずですから」

信三がなにを、そしてなぜ話題にしたかがはっきりしないので、慎重に受け答えするしかない。

「解決できぬ問題があるからこそ相談に見えますが、相手がいかなる人物であるかは、ほとんどの場合わかりません。しかし、それを割り切っていなければできぬ仕事なのです。それにお客さまの事情、立場によって、悩みや迷いは千差万別ですので、打ち明けてもらわないかぎり、なにも始まりませんから」

信三は値踏みでもするように信吾を見、少し間を取ってから言った。

「いずれにせよ、相談に乗るということは、相手側の秘密と申しますか、人に知られたら困ることを、知ることでもあるはずです」

「かならずとは申しませんが、ないとは言えませんね」

ないとは言えないどころでなくて、秘密に触れずに解決することは難しい。いや不可能だろうが、信三の真意がわからぬのに、安易に同意する訳にはいかなかった。

「相談する側は切羽詰まって打ち明ける訳でしょうが、問題が解決してしまえば、秘さねばならぬ事実を信吾さんに知られすぎたことに、思い至るのではないでしょうか」

「そういうこともあるかもしれませんが、相談屋は料理屋の女将《おかみ》や仲居とおなじ立場なのです。絶対にお客さまの秘密を洩《も》らさぬということで、信頼していただいて、と申しますか、仕事が成り立っております。お客さまもそれを承知の上で、お見えになるのです」

「当然でしょうな。ただし相手にすれば、万が一ということを考えざるを得ぬほどの不安を抱くことも、ないとは言えませんから」

「力ずくで黙らせようとする。秘密が重大すぎる場合には、口を封じることすら考えられぬことではない。それに備えて、わたしは護身術を学んだのだ、とおっしゃりたいのでしょうか」

「十分にあることだと思いますが」

「瓦版を読まれて、そう思われたのですね」

信三と名乗った男の勘ちがいを滑稽に感じたのが、微《かす》かであったとしても表情に出てしまったのかもしれない。相手は不愉快さを表情に滲《にじ》ませた。

「そう受け取った者は、てまえだけではないと思いますよ」

「たしかにそのとおりかもしれませんが、わたしの申した意味はちがっております。瓦版には、九歳から護身術を習い始めたとありますが、憶《おぼ》えてらっしゃいますか」

「もちろんです。その後、体術や、おそらくは剣術なども習得したということも」

「よろず相談屋を開こうと思い付いたのは、つい一年ほどまえのことです。信三さんのお考えでは、九歳のわたしが、将来よろず相談屋を開くために立てた遠大な計画のために、護身術を学んだとなります。九歳の子供がそのようなことを考えるとは、とても思えませんが」

信三は考えを巡らせていたが、ややあって言った。

「では訂正しましょう。先々で相談屋を開くことを頭に置いて護身術を習った訳ではないが、開こうと思い立った背景には、護身術を身に付けていることがおおきな意味を持っていた」

この辺りから信吾は、信三が瓦版を見てやって来た、単なる野次馬ではないと思い始めた。なにごとかに拘泥していると、感じたのである。

「ということでしたら、あるかもしれませんね。ですが護身術程度では、いざとなったら屁《へ》の突っ張りにもならないと思いますよ。つまり相手が本気になれば、護身術を齧《かじ》っただけの若造なんか、一溜《ひとた》まりもないですから」

「なるほど、そうかもしれません。すると、よろず相談屋を続けることに、不安は抱いておられないということですか」

どうやら相手は、信吾がどのような思いというか、覚悟でもってよろず相談屋をやっているかを、知りたがっているらしい。ということは相談相手としてふさわしいかどうかを、見極めようとしているのかもしれなかった。

「信三さんに言われて初めて、自分がまったく無防備であることに気付かされました」

「そうしますと、要らぬ不安を与えてしまったことになりますね」

となれば、はっきりと自分という人間を示さなければならない。

「ですが信三さま、商人には護身術や防具より頼りになる物がございます」

「と、申されますと」

「口ですよ」

「口、ですか」

「言葉です。お客さまは打ち明けるかどうか、直前まで迷っておられることがほとんどです。ですから、この男には際どい部分を明かしても大丈夫だし、それを他人に洩らす恐れは絶対にあるまいと、言葉でもって信頼を勝ち得るのです。相手方にそれをわかっていただけたら、初めて打ち明けてもらえます。重要な相談でしょうから、相手も中途半端なままでは打ち明けられないはずです」

「絶対的な自信をお持ちなんですね、信吾さんは」

「とんでもない。そう願ってはおりますが、一番危険なのは過信です。信じていただけないかもしれませんが、わたしは臆病で、自分でも呆《あき》れるほどの慎重居士でして」

信三の表情が、わずかではあるが変化するのがわかった。

「信吾さんがその若さでよろず相談屋を続けられ、ご自分より年上の方が相談に見える理由が、わかったような気がしますよ」

やはり自分は試されていたのだ、と信吾は思った。それはそうだろう、二十歳《はたち》の若造に人生経験豊富な者が、いくら困っていようと無条件で相談するとは考えられない。とは言っても、信三が相談を持ち掛けるとはかぎらないのである。さて、どちらであろうか。

よろず相談屋を始めたとき、具体的な悩みに苦しんでいるからこそ、人は相談に来るとばかり信吾は思っていた。ところがかならずしも、そうとも言い切れない。目のまえの悩みを直ちになんとかしたいという人は、むしろ少数派かもしれないと思うようになっていた。

どことなくしっくり来ない思いを、時間を掛けてでもいいので解消したい。あるいはそのきっかけを摑《つか》むためには、自分とまるっきりちがう種類の人間に触れるべきではないか。育ち、考え方、物事に対する関心の持ち方などが異なる人に接すれば、得る物は多いにちがいない。

あるいは目的もなく旅に出る、普段とはまるで傾向のちがう本を読む、座禅を組む、断食行をおこなう、風変わりな趣味を持った人たちの集会に参加する、それに近い気持でよろず相談屋を訪れるのかもしれなかった。

おそらくそのような緩やかな思いから、近付いて来る人もいるのだ。いや意外に多いのかもしれない。

感謝されて相談料をいただきながら、なにが相手にとって、金を、ときに大金を払う価値があるのか、わからないこともあった。しかし依頼人は信吾と話しているうちに迷いが吹っ切れ、あるいは思ってもいなかった解決の糸口を、摑んだに相違ないのだ。かと言って、それについて問う訳にもいかないのである。

いいだろう。信三がなにかを感じてくれれば付きあいは続くし、でなければ今日かぎりということである。自分がよろず相談屋を続けていくからには、常に客たちとは適切な距離を保ち、接しすぎず離れすぎず、を維持するしかないのだ。

信三はおそらく、宮戸屋で会ったきりになっている麻太郎とおなじように、早急に解決しなければならぬ難問を抱えている訳ではないようだ。

結局、その日は信三からの相談らしき話はなかった。あとにして思えば、やはり信吾という人間を、見極めようとしていたのだという気がする。

別れるとき信三は紙包みを渡そうとしたが、信吾はやんわりと押しもどした。ご馳走《ちそう》になりながら、相談相手になれなかったとの理由で。しかし、お役に立てたときにいただきましょう、とは言わなかった。当然、相談してもらえますよねと催促しているようで、下卑た印象を与えかねないと思ったからだ。

二

信吾が宮戸屋に着いたときには五ツ（八時）をすぎており、客を送り出した奉公人たちがあわただしく片付けをしていた。

なにかの集まりに出掛けたらしくて父の姿が見えなかったので、信吾は帳場の長火鉢のまえに坐《すわ》った。すぐに母がやって来て、反対側に腰をおろした。

「急なお客さまだったようね」

「ええ。そろそろ閉めようかな、というときに。ですので、食事はすませています」

うなずくと、母はさり気なく言った。

「先ほどお帰りになられたの」

やはり、信吾を待っていた客がいたのだとわかった。繁は普段とまるで変わるところがなかったが、息子の目はごまかせない。かなり不機嫌なのだ。

前夜、上総屋の一家と酒食を共にしたが、それを知ったお得意、あるいは親類や町内のだれかが客として来ていたらしい。

「なにしろ、よろず相談屋としては、相談にお見えのお客さまを優先しなければなりませんので」

「先さまもそれは承知だけど、楽しみにしていらしたらしく、とても残念がってました。明日の予約をして帰られたわ」

「だったら明日だけは、相談屋の話が入っても先に延ばしてもらいます。だけど、わたしの話を聞きたいという人の予約を、次々と入れられるのは困りますね。急に出掛けることも多いので、すっぽかすことになれば気の毒だし」

「わかってますよ。お話があっても、これからはそう言っておくわ。けど、急な相談が入ったときは、常吉を連絡に寄越《よこ》せばいいでしょう」

「今は将棋大会をやってますから、なにかと用が多いのです。だから常吉を使いには出せません」

「わかりました。だけど、明日だけは頼みますよ」

「宮戸屋はお客さま相手の商売だから、辛《つら》いところでしょうけど」

それに関してはなにも言わなかったが、かなり間を置いてから母はつぶやいた。

「お見合いのつもりじゃないかしら、と母さんは思うのだけどね」

「えッ、なんのこと。唐突に」

「正吾」

突然、母が大声で、廊下を通り過ぎようとした弟を呼び止めた。正吾はギクリとなって立ち止まり、驚きで目を丸くした。

「はい。なんでしょう」

「ここに来て坐りなさい。おまえにも関わる話になると思いますから」

弟が戸惑い気味に少し離れた場所に正座すると、繁は経緯《いきさつ》を話してから続けた。

「瓦版に書かれた信吾の武勇伝を聞こうというのは、口実だとあたしは睨《にら》んでるの」

「おや、珍しいこともあるものだ。嫁と姑《しゅうとめ》の意見があうなんて、晦日《みそか》に月が出るかもしれないね」と、言いながら祖母の咲江が入って来た。「念入りに化粧していたし、簪《かんざし》は銀細工師《しろがねざいくし》に特別に作らせたものだと思うわ。春秋堂《しゅんじゅうどう》さんにとっちゃ瓦版がよいきっかけというか、またとない口実になったのね」

訳がわからないからだろう、正吾は首を傾《かし》げたが、ここまで唐突だと、信吾にしても理解不能であった。

「待ってください、二人とも。なにがなんだかさっぱりわかりませんよ、わたしには」

「ですから波乃《なみの》さんですよ、春秋堂の」

「春秋堂って、阿部川町《あべかわちょう》の琴、三味線、尺八に篠笛《しのぶえ》なんかのお見世の」

「当たりまえじゃない。言ったでしょ」

　宮戸屋が面している浅草広小路を、西へ進むと東本願寺に突き当たる。東本願寺の西側を川幅二間半（約四・五メートル）の新堀川が流れているが、それを南へくだると、こし屋橋の別名を持つ組合橋が架けられている。組合橋を西に渡ると阿部川町で、東西九十七間（一七六メートル強）に南北百四十八間（二六九メートル強）と広大な町は、六つの区画に分けられていた。

　管と絃《げん》の楽器の卸と小売りをしている春秋堂は、阿部川町を東西に貫く中央の通りに面している。宮戸屋とは古くからの付きあいがある老舗だ。

「はい、聞きました。今初めてですがね」

「馬鹿おっしゃい。将棋大会のことで頭が一杯だから、忘れたのよ」

「ちょっと待ってくださいよ、母さん。春秋堂さんは、わたしが来る少しまえに帰られたんでしょ。わたしはお客さまとずっといっしょで、さっき来たばかりじゃないですか」

「あらッ」と、母は額に手を当てた。「そうだったわね。当然、話したとばかり思ってた」

「女将がこれじゃ」と、祖母がいかにも呆れたという顔で言った。「あたしゃ心配で、隠居できませんよ」

「母さんも祖母《おばあ》さまも、お見合いのつもりだと思われたんですね」

「そうよ」

二人が珍しく声をあわせて答えた。

「春秋堂さんがおっしゃった、のではない」

信吾の言葉に、母は当然だというふうに言った。

「そんなこと、あちらさんが言うはずがないじゃないですか」

今度は祖母の咲江に訊いた。

「化粧と簪だけでわかるものなのですか、お見合いのつもりだなんてことが」

「わかるわよ。でも、それだけじゃなかったからね」と、祖母は鼻をうごめかせた。

「親御さん、善次郎《ぜんじろう》さんにヨネさんね、それに波乃さんだけではなかったのよ。花江《はなえ》さんもごいっしょだったから」

花江は波乃の二つちがいの姉である。

「だからって、お見合いとは言い切れないでしょう」

「善次郎さんがこうおっしゃったのよ、来春《らいはる》に花江が婿を取ることが決まりまして」

「それがどうして、波乃さんのお見合いに繋《つな》がるのですか」

「お見合いじゃありませんよ。お見合いのつもりって言ったでしょ。その一歩まえの顔合わせなの。娘をよく見てください、ということね。かならず気に入ってもらえるはずだって、自信があるのよ、春秋堂さんは。信吾が気に入ったようなら、人を立ててちゃんと話を持って来るでしょうね」

祖母は断定したが、どう考えても強引すぎる。

「それって変じゃないですか」

「なにがなの」

「顔合わせって、波乃さんならわたしは知ってますよ。正吾だって知ってるよな」

「え、ええ。名前と顔くらいだけど」

「顔見知りなのに、顔合わせって変じゃありませんか」

祖母よりも早く母が横から口を出した。

「信吾が知ってるのは昔の、女の子のころの波乃さんなのよ。今では別人の、娘になった波乃さんとの顔合わせだったんだけど、わからないかしら。まあ、今はわからなくていいわ。そのうちわかるときが来るでしょう」

「だそうだよ、正吾。そのうちわかるそうだから、よく聞いておくんだね。それより母さん、わたしにまるっきりその気がなかったら、春秋堂さんだってどうしようもないと思いますけど」

「向こうさんはその気だから、信吾に関係なく、いいように取ると思うわよ。はにかんでいるところなど、図々しくなくていい。若者はああでなくちゃな。さあ、もうひと押しだぞ、となるわね」

「ああ言えばこう言うだから、とても敵《かな》いませんね。ところでさっき言った花江さんの婿取りが、なぜ波乃さんのお見合いに繋がるのですか」

母ではなく祖母が答えた。

「姉の婿取りが決まったのよ。次は妹の嫁入りが順番ってもんでしょ」

「なんだか、牽強付会《こじつけ》って気がしますけど」

「そう言って笑ってなさい。明日にはわかることなんだから」

「向こうがそうでも、こっちにまるでその気がありませんからね」

「のんびり構えてないで、そろそろ真剣に考えたほうがいいわよ」と母は、兄と弟を交互に見た。「実は信吾には黙ってたけど、嫁取りの話がほかにいくつも来てるの」

「断ってくれたんでしょ、軒並み」

「まだ本人にその気がないようで、と言ってはいるけど、いつまでもって訳にはねえ」

「変だなあ」

「なにが変なの」

「わたしんとこには、一つも来てませんよ」

「将棋大会で大わらわだと、わかってるからでしょ。終わったらどっと来るわよ」

「一年近くまえに将棋会所とよろず相談屋を開いたときにも、母さんからも祖母さまからも、それだけじゃなくあちこちから、早く嫁をもらうようにって言われたけど、当分その気はないって言ったでしょ。おなじことを繰り返します。当分その気はありません」

「意地を張ってないで、ちょっとでもいいなと思ったら、いっしょになっちゃいなさい。この人しかいないなんてことは、まずあり得ないのだから」

「母さんもそうだったのですか」

「親をからかうもんじゃありません。まじめに考えないと、そのうちだれも声を掛けてくれなくなりますよ」

「しかし向こうがその気だとすると、気が重いなあ。相談屋のお客さんが急用で」

「話があっても、明日だけは延ばしてもらうって言ったのを、忘れた訳ではないでしょ。信吾に逃げ場はないの。こうなったら男らしく諦めなさい」

「繁さん、その辺にしときましょ」と、やや熱くなった母を祖母が宥《なだ》めた。「百聞は一見に如《し》かず、ですよ。信吾が知ってるのは、昔の波乃さんですからね。今の波乃さんを見たら、ぜひもらってくれって、信吾から泣き付いてきますよ。あたしだって、変わりようにびっくりしたもの」

「そうですね、お義母《かあ》さま。取り越し苦労をして、損をしちゃいました。でも」と、母は急に不安な顔になった。「春秋堂さんが、それより波乃さんが、信吾を気に入ってくれなかったらどうしましょ」

「どうもこうも、あたしたちが気を揉《も》んでもしかたないでしょ。運を天に任せるしかないわね」

祖母の言葉がいいきっかけになった。

「気に入ってくれないことを祈りましょう。ここでなんやかや言っても、意味がありません。世の中、なるようになるし、なるようにしかならないのだから」

笑い飛ばしてお開きにしたものの、そのような遣《や》り取《と》りがあったので、翌十七日は仕事が手に付かなかったのである。いや、手に付かないというほどではなかったが、かなり落ち着かぬ日となったのは事実だ。

常吉と宮戸屋を出た信吾は、「駒形」にもどると伝言箱を覗《のぞ》いたが、やはりなにも入っていなかった。伝言箱の雨避《あまよ》けの庇《ひさし》に、火取蛾《ひとりが》の幼虫らしい毛虫がしがみついていた。落ち葉の下などで冬を越すはずなのに、一体どうしたというのだろう。陽《ひ》の光と熱を受けなければ動けないのかもしれない、と信吾は思った。

料理人見習いの喜一が用意してくれた、前日の客の食べ残しを入れた反故紙《ほごがみ》の包みを拡《ひろ》げて、信吾は縁の下に置いた。待っていたように声がした。

――いつも本当にありがとうございます、信吾さん。

声が豆狸とちがっていたので、おやッと思うと、もこもことした毛玉のような、ふた廻《まわ》りほどもおおきなのが出て来た。母狸《ははだぬき》だ。続いて豆狸が顔を見せた。

――脚の傷は大分良くなったようだね。

――お蔭《かげ》さまですっかりよくなりました。本当に、なんとお礼申してよろしいのやら。信吾さんはわたしたち親仔《おやこ》の命の恩人です。

――残り物を持って帰るだけだから、恩人だなんて言われたら照れるじゃないか。

――お蔭さまでわたしたちは命拾いをしました。半月近くも、毎日おいしい精の付く物をいただきましたので、食べ物の心配をしなくてすみましたからね。ただひたすら傷を舐《な》めて、膿《う》まないように気を付けていればいいのですから。半月近くもですよ。普通なら食べ物を満足に得られなければ、たちまちお陀仏《だぶつ》です。そうすれば、この仔もまちがいなく死んでいました。ですから信吾さんは命の恩人なのです。

――わかった、そういうことなら。

――つきましては、食べ物は今日までで、明日からはけっこうでございます。

――こっちのことなら、なにも気にしなくていいんだよ。それに、冬場だから食べ物を探すのもひと苦労だろう。

——はい。ですが、あの、こんなことを申してはなんですが、この仔が信吾さんの持って来てくれるご馳走を頼るようになりまして、餌探しをつい怠けてしまいます。餌の少ない今、どこになにがあるか、どのようにして探すかを、ちゃんと憶えておかないと、大人になって生きていけなくなりますから。

——そうか。親心だな。

そう言って豆狸に厳しい目を向けると、首を竦めて照れ臭そうな顔をした。

——ということだ。まじめに学ばないと、先に行って苦労せねばならんぞ。

——母さんにもきつく言われましたから、ちゃんとやりますよ。

——約束したぞ。男同士の約束だからな。

——わかりましたから、そんなおっかない目で睨まないでください。

——あの、信吾さん。

母狸が言った。

——このご恩は一生忘れません。もし困ることが起きて、どうしようもなくなりましたら、心の中であたしたちのことを念じてください。できるかぎり力になりますから。

信吾が母狸を見るとうなずいたので、豆狸に目を移すとやはりうなずいた。

——だったら、江戸の三大富と言われている、谷中感応寺《やなかかんのうじ》、目黒滝泉寺《めぐろりゅうせんじ》、湯島天神《ゆしまてんじん》の、当《あ》たり籤《くじ》、それも千両富の番号を教えてもらおうか。……てのは冗談だよ。正直なやつだな、あわててやがる。小僧の常吉が来るから、食べて帰りなさい。挨拶はいいからね。

——はい。では、いただきます。

そこへ常吉がやって来た。

「旦那さま。大会中は遠慮願いますと言っても、帰ってくれないのです」

「今日は十七日だろう。それなのに朝からかい」

瓦版が出たのは三日だったのに、未《いま》だに信吾と話したい顔を見たいという、もの好きな連中がやって来る。

取り留めないことを話しているうちに、甚兵衛さんがやって来たので、それを期に野次馬には引き取ってもらった。

「年内は続きそうですね」

「厭《いや》なこと言わないでください」

「そうはおっしゃいますが、来なくなると寂しいかもしれませんよ」

五ツ半（九時）に、祖父に付き添われてハツが姿を見せたのでおやッと思ったが、暮の十七日から正月の十六日までは手習所が休みなのを思い出した。

しかし若年組の連中は来ない。席料の二十文は子供にとっては大金だ。一日に一文か二文しか小遣いをもらえないので、それを貯《た》めて、不足分は親に足してもらうのである。

だから、休みになったからといってそうは来られない。中には小遣いをたっぷりもらっている子もいるようだが、仲間外れになるのでほかの子にあわせているのだろう。祖父が出してくれるハツは例外であった。

四ツ（十時）ごろに、通い女中の峰が風呂敷に包んだ洗濯物を持って来たので、常吉に汚れ物の包みを渡すように命じた。ところが峰はすぐには帰らないで、お勝手に信吾を呼んだ。

客や見物人に茶を淹《い》れるのが主な役目の、宮戸屋の奉公女の松がぼんやりしている。当然かも知れない。将棋のことがまるでわからないのだから、おもしろい訳がないのだ。

初めのころの常吉がそうだったように、つまらなくてうんざりしているのだろう。母に頼んで手伝ってもらうようにしたが、若い下女には苦痛以外のなにものでもないようだ。

「信吾さんは、物憶えはいいほうでしょ」

峰がまじめな顔で言った。

「さあ、どうだろう。普通だと思いますけど」

「一年まえのことなら憶えてるよね」

「一年となると自信ないですね。三日まえならある程度は。いや、そうでもないか。昼は店屋物が続いているけど、三日まえは、どこのなにを喰《く》ったかなあ」

「惚《とぼ》けるのはそれくらいにしておきなさいよ」と笑ってから、峰は真顔になった。「親類の娘で、ともかく気持の可愛《かわい》いのがいるからって話したことがあったでしょ。信吾さんは宮戸屋の若旦那だから釣り合いが取れないけど、将棋会所とよろず相談屋を始めたのならお似合いかな、と思って」

話すまえにその娘に信吾を見せたら、あんなやさしそうな人なら願ってもないと、ポッと顔を赤らめた、というのは聞いていた。

しかし、なぜここでそれを持ち出すのだと言いたい。信吾の反応に、峰は独り合点したようだ。

「そうか。瓦版に載ったので、いい話がいっぱい来てるんだよね」

「お峰さんさあ、とてもうれしいんだけど、今は大会中だから、それどころじゃないんだよ」

「だろうね。あたしは気にしてないから。ただね、あの娘《こ》、一年経《た》っても信吾さんのこと忘れないどころか、ますます」

「ありがとう。ただ、今はとても考えられないよ。だからその人に良い人ができたら、いっしょになってもらいたい。それだけだね、わたしに言えることは」

将棋大会のほうは益々熱を帯びて、十五日には十数名が優勝候補に挙げられていたが、十六日には八名にまで絞られた。二十日になればさらに絞りこまれるだろう。一敗の三強、桝屋、甚兵衛、太郎次郎は轡《くつわ》を並べたまま並走している。

年内に終えられそうだ、との思いを信吾はさらに強くした。

三

「見物の方ではありませんから、席料をいただかないように」

格子戸を開けて入って来た客に、常吉が小盆を差し出して席料を受け取ろうとしているので、信吾はあわてて注意した。

対局者や見物人が七十人ほどもいるので、よろず相談屋の客であるとか、客の名前を出さないように気を付けねばならない。相談に訪れるのは、よほど困ったことがあるからだと取られかねないからだ。だれが聞いているかわからないのである。

「いや、払いましょう。見物させてもらうのですから」

そう言いながら壁に貼られた料金表を目顔で示したのは、いつ連絡があるだろう、それともあれっきり姿を見せないのではないだろうか、と思っていた麻太郎である。

素早く傍《そば》に寄った信吾は、声を落として言った。

「ようこそいらっしゃいました。失礼ですが将棋は指されないようですね」

軽い驚きの目で麻太郎は信吾を見た。

「なぜわかりました？　このまえは、そんな話はしなかったはずですが」

「将棋会所にお越しなのに、対局中の盤面を見ようとはなさらず、この場の雰囲気や、あちこちに掲げた貼り紙を順に見てらっしゃいましたから。将棋好きは、どうしても盤面に目がいくものです」

　麻太郎は目を丸くしたが、ほどなく笑顔となった。

「いや、これは畏れ入りました。来たばかりなのに、そこまで見抜かれていましたか。その若さで二つのお仕事を同時にやられるお人は、さすがにちがいますね」

「おあがりください。簡単に説明いたしますので」

「よろしいのですか」

「てまえは進行係の記録係ですから、なんとでもできます。ですが大会中ですので、対局の邪魔になっては参加された方に迷惑となりますから。説明はのちほどさせてもらいますので、あれこれをよく見ておいていただけますか」

　言いながら信吾は、壁の貼り紙や対局中の参加者、そして見物人などを目で示した。

　言われた意味がわかったかどうかはともかく、麻太郎は静かにうなずいた。

　八畳と六畳の座敷、そして板の間を仕切る境の襖《ふすま》は、大会中は取り外してある。

　普段は信吾の居室になっている奥の六畳は、大会不参加者用の対局室として使っていた。こちらの襖は外していないが、一枚分を開け放ってある。

宮戸屋から手伝いに来てもらっている下女の松が、湯呑《ゆのみ》に茶を注《つ》いで廻ったり、常吉が火鉢に炭を足したり、莨盆《タバコぼん》の灰落としの灰を除いたりするため、絶えず各部屋に出入りしていたからだ。また客が常吉や松に用を言い付けることもあるが、いちいち襖を開け閉めしていては、勝負に集中できない客もいるからである。

対局者と見物人で溢《あふ》れてはいるが、狭い屋内であった。四半刻もせぬうちに麻太郎は見終えていた。

なにかあれば呼ぶようにと常吉に伝え、信吾は麻太郎を促して庭に出た。

瓦版が出たばかりのころは、あまり広くない庭も人でごった返していたが、半月が経過したので、勝負を終えた人や対局待ちの人が佇《たたず》んだり、静かに歩いたりしているくらいだ。

風のない穏やかな日なので、屋内よりもこちらのほうが話すには都合がよかった。

「なにからお話ししましょうか」

少々、呆れられたのではないですか、とでもいうふうに信吾が笑い掛けると、麻太郎は少し考え、真顔で訊いた。

「今回の大会をなぜやろうと思われたのか、賞金をどのような事情であの金額に決められたのか、いかなる方法で多くの方から寄付を集めることができたのか、などから始めていただけると」

「わかりました。整理し、順序立てて喋《しゃべ》るのは苦手ですので、思い付くままに喋らせてもらいます。なにか疑問に思われたら、その都度訊いてくださいますように」

庭にいた人は二人に気を利かせてか、いつの間にか姿を消していた。

信吾は今に至る経過を、ほぼ順序立てて話した。特に話して都合の悪いこともなかったので、考えることがいかに変化したかとか、思いどおりに運んだことと予想外だったことなどを、包み隠さずに打ち明けたのである。

麻太郎が強い興味を示したのは、対局の進め方を決めるに至った過程と、その目論見《もくろみ》が外れたこと、それに対する修正のやり方であった。

「なるほど、勝ち抜き戦にすると、組みあわせによって、あまりにも運不運がおおきくなると思われたのですね」

「はい。対戦者の決め方にもよりますが、初戦で優勝候補と目される二人がぶつかる、などとなりかねません。だから公正を期して、総当たり戦にしたのですが」

「当てが外れたということですか」

「そのとおり。常陸国《ひたちのくに》は大洗《おおあらい》、とんだ大笑いでして。あ、失礼。これは町方の親分さんの口癖です」

「ああ、閊っ引ですね。そうか、将棋会所には客だけでなくさまざまな人が出入りする。信吾さんは相談屋を始めても当分はやっていけないだろうから、それを支えるために将棋会所を併設したとおっしゃってましたね」

「ええ。ですので、なんとか日々を凌《しの》げています」

「だが本当のところは、さまざまな人が出入りするので、どんな出会いがあるかもしれないと、その期待がおおきかったのではないですか」

「そんな思いで始めた訳ではありませんが、結果としてそうなりました」

「席料を払いさえすれば、だれだって客ですものね。どんな人が来るかわからないということですよ」

麻太郎は目まぐるしく、想像の輪を拡げ始めたようである。庭の椿《つばき》の枝から枝へ素早く飛び移りながら啼《な》き交わす四十雀《しじゅうから》を見ながら、麻太郎の口からは、自然と言葉が迸《ほとばし》り出た。

「家業を手伝うのが厭でたまらない若旦那が、親旦那や番頭の目をごまかして息抜きに通ってる、なんてことがあるかもしれませんね。大悪党が町内の景気のいい商家や、苦しそうにしていても内実裕福で金を貯めこんでいる商家などを探っているとか。空き巣狙いやコソ泥が、隙だらけの家や、商家の集金日を訊き出そうとしてるなんてこともありそうですね。女房に隠れて若い女を囲ってる商家の旦那が、浮気しているのではないかと疑って、見当を付けた男を追っていたら、『駒形』に入って将棋を指し始めた。だからしかたなく、自分も近くの席で指しながらようすを見ているとか」

止《と》め処《ど》なく出て来るところを見ると、麻太郎は空想する癖があるのかもしれない。

数羽いた四十雀があッと言う間に姿を消すと、麻太郎はわれに返り、信吾の視線に気付いて照れ臭そうに笑った。

「失礼、脇道に逸《そ》れてしまいましたね。えッと」と、言ってから続けた。「公正を期して総当たり戦にされたということですが、どうやら思惑が外れた、と」

「麻太郎さんは指されないのでおわかりでないかもしれませんが、将棋は腕に差がありすぎると、まるでおもしろくないのですよ。力の差がおおきいと弱いほうは歯が立ちません。だから時間のむだだと、上手な人からだけでなく下手な人からも声が挙がりまして」

「やってみなければ、わからぬこともあるのですね」

「いや、主催者としては、落ち着いて考えればわかって当然のことでした。考えが浅かったなあ、と反省しましたよ」

「あッ、それで」と、麻太郎は納得がいったという顔になった。「壁の断り書き、ということになったのですね。となると効果があったかどうかが気になりますが」

「どちらだと思われますか、麻太郎さんは」

「信吾さんがそのように問われるということは、思いもしなかったほどの効果があった、ということではないのですか」

「ちょっと、お待ちいただいてもよろしいですか」

断ると信吾は屋内に入り、成績を書きこんだ綴《つづ》りを手にもどった。それを麻太郎に見せながら説明を始めたのである。

最初に登録順の番号が記され、続いてその人の名前、三段目からは対局者の名前ではなく、登録番号が続くことになる。本人が勝った場合は相手の番号の前に○、負けると×を書き入れるのである。

「壁の断り書きを読まれたでしょうが、わたしが対戦を決めた折に、力の劣る人から対戦に及ばずの申し出があれば、その時点で決着します。力量が上の者は戦わずして勝利、つまり不戦勝となる訳です」

「申し出たほうは不戦敗」

「勝ったほうは、通常の勝ちと不戦勝にかかわらず、相手の番号の上に○を入れます。負けたほうは、それまでは相手の番号の上に×を入れましたが、不戦敗の場合には△を入れることにしました。ご覧ください」

信吾は綴りの後半、比較的力量の劣る参加者の綴りを見せながら言った。

「この辺りから、軒並み△が増えているでしょう」

「対戦するまでもないと」

「そういうことです。大会参加者を募りましたら、予想を遥《はる》かに超える百八十三名になりましてね。師走と睦月で終えられないかもしれないと、心配していたのですよ。負けがこむと、嫌気が差して辞退する人が、ある程度は出ると予想していましたが」

「その心配が断り書きを壁に貼ることで解消した、ということですか」

「そうなんです。もしかすると年内で終えられるかもしれない、いや、もっと早くなりそうだと、秘《ひそ》かに期待しているのですがね」

「師走と睦月《むつき》のふた月掛かるところが、半分のひと月で、ですか」

信吾は麻太郎に、綴りをパラパラと見せながら言った。

「一応、総当たり戦となっていますが、これを見ていただければおわかりのように、対局して勝とうと不戦勝であろうと、勝てば○なのです。ですから○の数が多い順に、順位が決まります。×と△の多い人は、挽回のしようがないということなのですよ」

「そうしますと、ある程度は絞りこめているのですね」

豆狸に教えてもらったので、信吾は桝屋が優勝することを知っているが、まさかそんなことは言えない。

「今の時点で一敗のみが三人おりまして、二敗と三敗がそれぞれ何人かいます。あと数日でほぼ絞られるでしょう」

信吾が桝屋、甚兵衛、太郎次郎が三竦み状態になった過程を話すと、麻太郎は非常に驚いたようである。

「強い弱いは、絶対的なものではないのですね」

「得手不得手があるようですよ。だから三竦みになったのでしょうね。蛇は蛙《かえる》を丸呑みし、蛙は蛞蝓《なめくじ》を食べ、蛞蝓は蛇の体を溶かすそうなので、三者がバッタリ出会うと、お互いに体が竦んで動きが取れないと言われています。もっとも蛞蝓が蛇を溶かすというのは、迷信のようですが」

「毎日、次々といろんなことが起こって、しかもどうなるか先が読めないこともある、となると将棋会所は楽しいでしょう」

「三竦みの三人は、それぞれちがった技や味の持ち主でしてね。そういう意味でも、おもしろくなると思いますよ」

「そういう経験が、よろず相談屋のほうで活《い》かせるということですね」

「だといいですが、どうでしょう」

「すみません。話の腰を折ってしまったようです。三竦みの三人が、それぞれちがった味をお持ちだということでしたね」

障子を閉て《た》切ってあったが、気のせいか八畳間の座敷がざわつき始めたようである。

「守りに徹し、ともかく鉄壁の陣を布《し》いて、攻め疲れた相手の緩みやわずかな隙を逃さず一気に攻める人。敵の意表を衝《つ》く手を常に考え、掻《か》き廻して混乱に陥れ、相手を追いこむ人。どんな相手であろうと、攻めに柔軟に対応し、のらりくらりと守り、そして攻めを繰り返し、相手を混迷に陥れるのが得意な人。桝屋さん、甚兵衛さん、太郎次郎さんのお三方なんですが、だれが蛇で、どの人が蛞蝓、となると蛙はどなただろうと、いろいろと当て嵌《は》めながら考えるのも楽しいものです」

小走りに庭に駆けこんだのは常吉であったが、見ただけでかなり興奮しているのが感じられた。

「だ、旦那さま」

「一体どうしました」

「大変なことになりました」

「ともかく、落ち着きなさい」

「太郎次郎さんが負けたんです」

「それは一大事だ。相手は島造さんだったはずだが」

「はい。島造さんです」

信吾は麻太郎に説明した。

「三竦みの一人の、相手を混乱させるのが得意な蛞蝓さんが負けたそうです」

引き返す常吉に続きながら、信吾は麻太郎に言った。

「島造さんは二敗だから、太郎次郎さんに並んだことになりますね。わたしは記録紙に書き入れたものを、勝者と敗者に確認してもらわねばなりません。麻太郎さんも見物なさいませんか。将棋指しがどういうものか、よくわかっておもしろいですよ。それに、のちほどなにかの役に立つかもしれませんから」

「はい。見せていただきます」

八畳間は、いや隣の六畳間も巻きこんで、屋内は妙にざわついていた。

「島造さんが、太郎次郎さんに勝たれたそうですね。では」

そう言って信吾は、島造の欄の最後尾に太郎次郎の登録番号を書きこんで、その上に○を、太郎次郎の欄の終わりに島造の番号を入れて、その上に×を書き入れた。

「これでまちがいありませんね」

言われて二人はうなずいた。

「島造さんと太郎次郎さんが並びました。となると一敗は二人、二敗も二人になりましたから、島造さんにも優勝の可能性が出てきましたね。太郎次郎さんの巻き返しもあるでしょうから、いよいよおもしろくなってまいりました」

「いや、わたしは桝屋さんと甚兵衛さんの、助太刀にすぎませんよ」

常連の二人を援護射撃しただけだと謙遜しているのだが、本心はそんなことはないに決まっている。

「などとおっしゃりながら、ひと泡吹かせようと虎視眈々《こしたんたん》なのでしょう」

「そうだよ島造さん、まだまだ捨てたもんじゃない。目はありますよ」

そう言ったのは髪結の亭主の源八だが、ハツに負けたのが尾を引いたらしく、かなり早く優勝戦線から脱落していた。

なのに鼻息が荒いのは、優勝者当ての賭けをしているからだろう。太郎次郎が三位に後退したので、源八が賭けた相手の可能性が高まったということだ。

瓦版書きの天眼は、賭けがおこなわれるにちがいないと断言していたが、やはり蔭で進行しているようであった。賭け事は禁止されているので、わからぬように秘かにやってもらいたい、と信吾は常連たちにそれとなく言っておいた。権六親分が顔を出すことがあるので、表だってはまずいからである。

賭けは優勝者を当てるだけの単純なものと、優勝、準優勝、第三位のすべてを的中させる二種類がおこなわれているようだ。豆狸に教えてもらったので信吾は完勝できるが、だれからも声は掛からなかった。もっとも誘われても加わる気はない。主催者としては、そんなことはできないからだ。

その場の昂揚《こうよう》は優勝の行方に関するものだけでなく、賭けのためでもあったのだが、後者に関しては麻太郎に話す訳にいかない。ただ信吾の説明や、実際に感じた熱気のためもあってだろう、麻太郎は存分に楽しめたようで、上機嫌で帰って行った。

四

伝言箱を覗いてから「駒形」を出ると、信吾は常吉を連れて宮戸屋に向かった。それまでは道すがら、なにかと野次馬につき纏《まと》われたものである。しかし知りたいことは訊き尽くして、もうなにも出ないと思ったからだろう、さすがに付いて来る者はいない。

波乃のことは知っているだろうと正吾に訊いたとき、「名前と顔くらいだけど」との返辞であった。考えてみると信吾にしてもおなじで、それどころか顔をはっきりとは思い出せないのである。

二つ年上の花江なら、ぼんやりとだが思い描くことはできた。卵の殻に目鼻を描き入れたような、雛人形《ひなにんぎょう》のように色の白い娘であった。長女ということもあるのだろうが、おっとりとして万事に控え目であったとの記憶がある。

花江は来春二十歳で婿を取ることになったそうだから十九歳、二歳下の波乃は十七歳という計算だ。その波乃に最後に会ったというか、見たのは十歳前後ではなかったろうか。顔を思い出せないのもむりはない。

前日、信吾は母と祖母から、お見合いにそなえての顔合わせにちがいないと言われていた。料理屋の女将と大女将が、口をそろえて言ったのである。とすればまちがいはないだろうが、信吾としては知らぬこととして通さねばならない。

瓦版に書かれた内容について春秋堂の家族が、信吾の話を聞きたいとのことで設けられた食事会である。そのため父の正右衛門と母の繁は、挨拶には出ても同席しない。でなければ、まさに見合いを前提とした顔合わせになってしまうからだ。

「お二階の、左の三つ目のお部屋ですからね。皆さまお待ちです。信吾が来るまではと、お食事はお預けだそうですよ」

乱れ箱に用意された新しい紬《つむぎ》に着替えて羽織を重ねると、母が懐紙と手拭を渡しながらそう言った。左の三つ目となると、南が庭に面した十二畳である。

「途中から顔を出すほうが気は楽なんだけど、待たれてるとなあ」

「なにごとも控え目になさい。自慢話は男をさげるだけですよ」

祖母がそう言ったが、二十歳になっても子供扱いだからかなわない。

「わかっています。なるべく話を、瓦版の範囲に留《とど》めるようにしますから」

音を立てないように静かに階段を上り、廊下を進む。

「お待たせして申し訳ありません。信吾でございます」

「お待ちしておりました。お入りください」

部屋に入ると、両手を突いて深々と頭《こうべ》をさげた。

「ご無沙汰いたしております。本日はようこそ宮戸屋においでいただき、ありがとうございます」

「無沙汰はお互いですが、それにしても立派になられました」

善次郎がそう言うと、ヨネがおおきくうなずいた。

「その若さで、相談所と将棋の指南所を開かれたのですものね。なにかと苦労もなさったでしょうから、齢《とし》以上にしっかりなさってるのは、当然かもしれませんわ」

ヨネに会釈してから、信吾は花江に顔を向けて微笑《ほほえ》み掛けた。

着飾った若い娘が二人並んで坐っているのである。部屋に入るなり、そちらがひと際明るく感じられたのだった。

そして信吾は、一瞬だが波乃を目に留めたのである。それは記憶にある波乃、十歳前後だった少女の波乃とはまったくの別人であった。まさに母の言ったとおり、蛹《さなぎ》から羽化して蝶《ちょう》に変身した波乃がいたのである。

しかし、そんな感慨に耽《ふけ》っている場合ではなかった。商家の息子としての礼儀を果たさなくては、両親に恥を搔かせることになってしまうからだ。

ちいさな空咳《からせき》をしてから、信吾は花江に言った。

「来春のご婚儀がお決まりとのこと、まことにおめでとうございます。心よりお祝い申しあげます」

「ご丁寧にありがとうございます」

頬を染めながら、深々と頭をさげる花江を横目で見て、善次郎がさり気なく話題を切り換えた。

「なんでも一周年を記念しての将棋大会の最中だとのことで、ご多忙な折にわざわざ足を運んでいただいて恐縮いたしております」

「春秋堂さまから声を掛けていただいたのですから、なにをさて置きましても。お詫《わ》びが遅れてしまいましたが、昨日はお越しいただきながら、急な用のために大変申し訳ありませんでした」

「相談所のお仕事でしょう。商人は仕事が第一ですからね。ということですので、あまり堅苦しくならぬよう気楽に話しあおうではありませんか」

相談屋でなく相談所、将棋会所でなく将棋指南所と言いまちがえる人は多いが、信吾は特に指摘はしない。相談所と言うのは、相談屋ではいかにも商売じみていると感じるからかもしれなかった。

「失礼いたします」

ころを見計らってでもいたように、繁と仲居が現れて料理を並べた。宮戸屋が五ツまでなのと信吾が六ツ（六時）を四半刻ほどすぎてから来たので、予《あらかじ》め善次郎が選んでいたようだ。

先付は季節的な意味でだろう鮟鱇《あんこう》でまとめ、胆《きも》雪囲い、皮、布袋（卵巣）に柑橘《かんきつ》が添えられていた。八寸盛りが鶉《うずら》の山椒《さんしょう》焼き、白バイ貝の燻《いぶ》し、結び三つ葉、松毬慈姑《まつかさくわい》などと、次々と椀《わん》や煮物の料理も並べられた。

善次郎と信吾に酒、ヨネと娘たちには茶が供される。

繁と仲居が辞すると善次郎が言った。

「では、いただきましょう」

しばらく料理と酒を楽しんでから、善次郎が信吾に笑い掛けた。

「それにしましても、瓦版を読みまして、ご活躍には驚かされました」

「そのことでございますか。あれには閉口いたしましてね」

「閉口と申されますと」

「皆さまは事情をご存じでないので、驚かれたでしょうが」

そう前置きして、信吾はこれまで何度も話してきたことを繰り返したのである。

一枚四文の瓦版は、相当な数を売り捌《さば》かなければ商売にならない。そのためなんとか買ってもらわねばと、瓦版書きはともかく大袈裟《おおげさ》に、派手に、これでもかこれでもかと大仰かつ誇大に、御大層に書きまくる。それだけならいいとして、あることないことを無責任に書き散らすことすらある、と。

「まあ」と、ヨネは口に手を当てた。「でも、信吾さん。それこそ、大袈裟におっしゃってるのではないですか」

「九寸五分《くすんごぶ》を振りかざしたヤクザ者とか、ならず者とか書かれていました」

そう言ったのは花江である。

「九寸五分と言えば短刀でしょう。そんな相手に対して、信吾さんは素手で立ち向かわれたのだから」

善次郎がそう言うのに、信吾は軽く手を挙げた。

「ちょっとお待ちください。その男が酔っていたことは、瓦版には書かれていなかったと思いますが」

「酔っていた、ですって」

善次郎は天井を睨んで唸《うな》っていたが、やがて思い出したようであった。

「たしかに書かれてはいなかったですが、短刀を抜いてとありましたね。飲んでいたとしても、酔うほどではなくて、せいぜい一杯引っ掛けたくらいだと思いますが」

「真っ赤な顔をして、足もとがふらついていました。九寸五分を取り落としたのですから、泥酔していたにちがいありません」

善次郎とヨネに交互に目を向けながら話していたが、信吾は横顔に二人の娘の、特に妹波乃の視線を、痛いほどに感じていた。しかし母と祖母の言ったことが心にあって、とてもそちらを見ることはできなかった。

「それはちがうと思いますよ」と、善次郎は言葉を選びながら続けた。「信吾さんは奥ゆかしいから、謙遜してそうおっしゃるのでしょうが、あれを読むかぎり、ヤクザ者が酔っていたとは考えられません」

「いいえ、酔っておりました。泥酔は言いすぎかもしれませんけれど」

今度はヨネが訊いてきた。

「たくさんの方が、見てらっしゃったんでしょう。瓦版にはそうありましたけど」

さすがに、いいえとは言えないので、うなずくしかない。

「ヤクザ者が不意に九寸五分を突き出したので、野次馬たちは恐怖のあまり声も出ない、とありましたよ」

どうやらヨネは、何度も読んで憶えてしまったらしい。人は語られることより、文字に書かれたことのほうを信じる傾向が強いと言われている。となると信吾が控え目に話していると思われるのは、むりからぬことかもしれなかった。

「刃《やいば》が信吾の、あ、ごめんなさいね、信吾さん。そう書かれていたので、呼び捨てにさせてもらいますけど、刃が信吾の顔を切り裂いたとだれもが思った、とありましたよ。だがそれよりも早く、電光石火のごとき信吾の手刀がヤクザ者の手首を打ち、短刀は地面に叩《たた》き落とされていた、と。でも続いてこう書かれていたのです。信吾が右手で相手の右手首を摑み、左腕を巻くようにして右肘を決めたので、さすがのヤクザ者も思わず呻《うめ》き声《ごえ》を漏らしたのであった」

「おまえ、細かな所までよく憶えてるなあ」

「まるで目に見えるようじゃありませんか。書いた人が見ていたからこそ、書けたにちがいありません」

ヨネは断言したが、まさにそうなのだ。かつて町奉行所の同心だったとの噂《うわさ》のある天眼が、見ていたからこそ書けたのである。

「腕を逆手に取って肘を決めたので、相手は身動きできなかったのでしょう」と、善次郎は言った。「てまえは武芸のことはよくわかりませんが、やはりどう考えても、書かれたとおりだと思いますよ」

「あれは護身の、武器を持たぬ者が身を護《まも》るための術なのです。相手の弱点を攻めるからこそ、動けなくしてしまえます」

「その護身の術を、九歳からやってらっしゃるそうですね。お家《うち》のどなたも、気付きもしなかったそうではありませんか」

「お寺の和尚さんに教えていただいたそうですけど」と、姉の花江が言った。「お坊さまがそんなことをなさるのですか」

「護身の術は、もともとは唐土《もろこし》の嵩山《すうざん》少林寺《しょうりんじ》のお坊さんが始めた、と言われているそうですね。徒手空拳、つまり手や脚という自分の体だけで、武器を持った相手から身を護る術《すべ》を編み出したとのことです。師匠のお坊さんが教えてくれたのですが」

「すると毎日」と言ったのは、母親のヨネであった。「お稽古なさってるのですか」

お稽古には笑いそうになったが、なんとか堪《こら》えることができた。

「鈍《なま》らないようにするだけで精一杯ですが。もっとも将棋大会が始まってからは、休んでおりますけれど」

実際には瓦版が出てからだが、この程度は許される嘘《うそ》だろう。

「その護身の術は」と、これもヨネであった。「ずっと続けられるのでしょう」

「そうなりますかね。もう少し人との付きあいに役立つような、俳諧《はいかい》とか、商人ですから狂歌や川柳を習ったほうがいいのかもしれません。あるいは浄瑠璃《じょうるり》のような語り芸とか、尺八を奏でるとか」

弾みというやつだろう。つい、口が滑ってしまった。善次郎とヨネに、微妙な変化が現れたような気がした。

「語り芸でしたらお師匠さんを紹介できますし、尺八ならそれこそ」

善次郎がそう言うと、ヨネがふと思い付いたとでもいうふうに受けた。

「尺八でしたら、ねえ。波乃の箏《そう》と奏であいも楽しめますし」

二人の合奏に引きこもうとする。危ない危ない。気を付けねば、そちらに話を持って行かれてしまう。

「いいかもしれませんね。ただ、今のところは、よろず相談屋と将棋会所で手一杯ですから」

「それはいかがなものでしょう」

善次郎がそう言うと、ヨネが「あなた」とちいさく諫《いさ》めた。だが善次郎はかまわず続ける。

「余芸とか趣味と言われるものは、忙しい中で時間を作って励んでこそ、身に付くものなのです。それも若いときに始めなければ、自分のものにできません。仕事を息子に任せて、ようやく自分のやりたいことができると勇んで始めても、ときすでに遅しなのです」

「この人は後悔しているのですよ。仕事第一に励んで本当にしたいことを我慢し、いざ始めたときには遅すぎたことがわかったものですから」

「信吾さん、すぐにお始めなさい」

「尺八でしたら、わたしどもで扱ってますので差しあげましょう。思い立ったが吉日と申します。それこそすぐに」

「そう、絶対にそうすべきです」

クスッと笑いを漏らしたのは波乃だった。

「お父さまにお母さま。そんなふうに押し付けては、信吾さんが困ってらっしゃるではないですか」

「信吾さんのためを思ってのことだが」と言ってから、善次郎は娘を見た。「波乃はやけに信吾さんの肩を持つな」

油断すると話がそちらに行ってしまうと思っていると、波乃が消え入るような声で言った。

「知らないったら、もう。わからずやなんだから」

おやッと思って見たとき、目があってしまった。波乃は顔を真っ赤に染めたが、それを見て信吾も訳がわからず頬が火照るのを感じた。困惑していると、善次郎がさり気なく話題を切り換え、以後は瓦版絡みと「駒形」、そしてよろず相談屋の話題に終始したのである。

「もうこんなになってしまいました」

善次郎に言われて気付いたが、金龍山浅草寺の時の鐘が五ツを告げていた。古い付きあいなので、宮戸屋が五ツで仕事を終えるのは知っている。素知らぬ顔で居座るなどということを商人はしない。

「楽しかったのであッと言う間でしたね」

善次郎の言葉をヨネが引き継いだ。

「信吾さんのお蔭で、本当に楽しいひとときをすごせました」

花江と波乃がお辞儀をすると簪が揺れて、これが娘というものなのかと信吾はしみじみと思った。昼間は「駒形」なので顔をあわせるのはほとんどが老人だし、相談屋の仕事もあるので最近は外に出ることもほとんどない。信吾は若い娘と身近に接することなど、ここしばらくなかったのである。

「楽しい席に呼んでいただき、本当にありがとうございました」

　信吾も深々と頭をさげた。

　父の正右衛門に母の繁、祖母の咲江と弟の正吾、奉公人も含め総出の見送りとなった。善次郎かヨネに予め言われていたからだろう、宮戸屋のまえでは駕籠《かご》が待っていた。

「どうだったの」

　春秋堂の四人を見送って居間にもどるなり訊いたのは、正右衛門でも繁でもなく祖母の咲江だった。

「うんざりしましたね」

「なにか、気に入らないことがあって諍《いさか》いでもしたの。だったら見通しは明るいけど」

　すかさず母が訊いた。

「えッ、どういうことですか」

「言い争いをするのは、気心が知れたということですからね」

「ちょっと待ってくださいよ。もしかして波乃さんのことですか」

「ほかになにがありますか」

「だって今日呼ばれたのは、瓦版に書かれたことについて聞きたかったからでしょう」

「だから、それは口実だって言ったではないの」

「わたしはただひたすら、瓦版のことだけを話しましたよ」と、信吾は強調した。「ともかく春秋堂さんはお客さまなので、満足していただかねばなりませんから」

「呆れた」

「母さんは呆れたかもしれませんが、わたしは厭《あ》きてしまいました。だってそうでしょ。何人の人に何回話したと思いますか。相手にすれば一度かもしれないですけど、わたしはおなじ話の繰り返しですからね」

「瓦版のことなど訊いちゃいませんよ。だって知り尽してますから」

「だけどわたしが呼ばれたのは」

「瓦版のことを、ってんでしょ。それはいいの。母さんの知りたいのは波乃さんのこと」

「あの人は黙ったままで、あれこれ訊いたのはほとんどが善次郎さんとヨネさん、花江さんがほんの少し」

「顔は見たんでしょ」

「ちらりとね。それも一度か二度」

「どうだった」

「わかりませんよ」

「そんなことないでしょ」

「だって面と向かって、目を見ながら話していても、相手がなにを考えてるかなんてわからないことがあるじゃないですか。ちらっと見たくらいで、わかる訳がないですよ」

母がなにか言おうとしたとき、父がピシリと言った。

「今日はそこまでにしときなさい」

「ですが」

「信吾がなにも感じなかったか、でなければ話す気がまるでないかのどちらかです。これ以上はどこまで行っても切りがない。信吾の気が変われば、あるいは事情が変われば、黙っていても話し出しますよ。これ以上続けると、意地になって本当になにも話さなくなってしまう」

わかったようなわからぬような、しかし父の言うのにも一理ある、そんな曖昧さのうちに、話は宙に浮いたままになったのである。

信吾が寝部屋に向かおうとすると、繁が言った。

「すまないね、信吾。明日の夜もおまえにお座敷が掛かったの」

五

十八日の朝、常吉と「駒形」にもどった信吾は、思わず縁の下を覗いてしまった。前日の朝、母狸があのように言ったのだから、豆狸の姿がある訳はない。六日に相談を持ち掛けられてからは十日あまりになるが、毎朝、母狸の具合を訊くとか、食べたいものを問うなどという、短くて他愛ない遣り取りをしていたのである。

わずかな期間だが、顔をあわせているうちに情が移ったのかもしれなかった。愛嬌のあるくりくりした目が見えないと、なぜか物足りなく寂しい。

しかし、感傷に耽っている場合ではなかった。昨夜、横になってから思い付いたことがあって、ずっと気になっていたのだ。

信吾は甚兵衛や客たちが来るまえに、縁側で、成績一覧を克明に調べ始めた。

それまでは三強が並走していたが、前日の十七日に太郎次郎が島造に敗れたことで、局面がおおきく動いたのである。

一敗が桝屋と甚兵衛の二人に減った。

二敗は太郎次郎と、かれに勝って並んだ島造、そして常連では若手に数えられる、四十歳をすぎたばかりの夢道《むどう》の三人となった。

夢道の本名はだれも知らない。なんでも身を持ち崩した旗本の次男坊か三男坊らしい、と噂されていた。あくまでも噂で、本当のところはわからなかった。

「おい、ムドウ。夢の道だと粋がってるが、おまえは無い道だな。悪逆無道。そうだ、悪逆亭無道と名乗ったらどうだ」

島造の情け容赦ない揶揄《からかい》は、夢道が物書き志望らしいというところから来ていると思われた。夢道は毎日のように「駒形」に顔を出すかと思うと、二、三日、場合によっては七日から十日も音沙汰ないことがある。

実は物識《ものし》りだとだれもが認めている島造が、まったくおなじ行動を取っていて、一時は盗賊の一味か、あるいは親玉かもしれないと疑う者がいたほどだ。

やがて、戯作者《げさくしゃ》になりたかったのだが夢を果たせず、浄瑠璃語りのために台本を書いて糊口《ここう》をしのいでいるらしいとわかった。つまり島造にすれば、同類なので夢道の存在が目障りでならないということらしい。

それはさておき、三敗が三人いて、ここまでの八人に、上位入賞と優勝の候補は絞られたことになる。

「まてよ。もしかすると」

大会参加者の対局のために座蒲団《ざぶとん》を並べ、将棋盤と駒を用意している常吉に命じて、信吾は硯《すずり》、墨、筆、紙の文具四宝を持って来させた。と言っても紙は料紙ではなく反故紙である。

成績一覧は短い中に多くの情報を記録できるのだが、その代わり見ただけではわかりにくかった。登録者の番号と名前の記載から始まるが、対戦者に関しては番号だけなのである。

信吾の場合は上位の参加者の番号と名前はほぼ頭に入っているが、それでも半ばから後半となると番号と名前が簡単には結び付かない。信吾以外の人には、まるで暗号表でも見るような気がするのではないだろうか。

成績一覧に目を通す信吾の斜めまえに、使用ずみの裏紙と筆を置くと、常吉は硯に水を差して墨を磨《す》り始めた。すぐに清々《すがすが》しい墨の香が漂い始める。

この二、三日で△の数が雪達磨《ゆきだるま》式に増えていた。中には大会参加者でありながら、勝負を放棄した者もかなりの数いた。つまり優勝や入賞はおろか、上位に入れる望みがまったくない人たちは、おなじ力量の指し手と、大会のためではない、通常の対局を楽しみ始めたのだ。

信吾がだれかとの対局を打診しても、相手が強いとなると、簡単に「勝ちを譲ります」と言う。途中からずっと△が続く者もいた。

残された対局数のこともあるので、信吾は余裕を見て百五十勝以上の人に絞ることにした。登録番号と名前、勝ち数と負け数、残りの対局数を書き出していくと、明確に見えてきたものがある。残りに全勝したとして、それに現在の勝ち数を加えても、十位には入れない人がはっきりとわかったのだ。

上位に残る者はほとんどが○で、×が一個から三個、△は一つもない。勝ち数だけでなく、負け数と残り対局数を調べて行くと、三人いた三敗のうちの一人は、残りを全勝しても三位入賞が不可能だとわかった。

つまり、次の七人に絞られたのであった。

一敗は桝屋と甚兵衛の二人。

二敗が太郎次郎と島造、夢道の三名。

三敗の二人は可能性があると言っても、一敗と二敗の五人が残りのすべてに敗れ、自分が全勝してようやくなので、奇跡でも起こらなければ入賞はできない。優勝者は一敗か、せいぜい二敗の者の中からしか出ないとわかったのである。

ちなみに三敗の二人とも常連で、小間物屋の隠居平吉と御家人崩れの権三郎である。常連で登録番号が二番の素七は、残念なことに三敗していた。五十歳だが古稀《こき》を思わせるこの男、やはり体力的に厳しかったのかもしれない。ここに来て、息切れでもしたように連敗していた。

おなじく常連で楽隠居の三五郎は、うっかりしての見逃しが祟《たた》ったようだ。そそっかしさが災いして、六敗を喫していた。

一時は一桁の九位と健闘して大人たちを驚かせたハツは、上位の壁にぶつかったのか、十二位に後退していた。対局しただれもが強く印象に残ったと言うほどの、好局が多かったので次回が楽しみだ。初めての今回は経験のなさもあったのだろうが、それでこの成績なので飛躍が期待できる。

ハツは上位の、とても勝てないとわかっている相手とも逃げずに対局したので、不戦敗は一局もなかった。ところが下位に対する不戦勝は多い。かなりの腕の相手とも接戦を繰り返しているので、下位の者の多くが対局を辞退していた。やはり十歳の女の子に敗れる可能性が強そうだと、潔く不戦敗に甘んじるほうを選ぶらしい。

その日も「駒形」への一番乗りは甚兵衛であった。自分が開きたかった将棋会所を、年齢的な理由で信吾に託したとの事情もある。ほとんど席亭の信吾と同格のつもりでいるようだし、特に第一回の大会で優勝候補の筆頭であった。張り切らざるを得ないのだろう。

挨拶を終えるなり信吾は言った。

「甚兵衛さん、早ければ今日明日、むりでも二十日には決まりそうです」

「まさか、それはないでしょう」

「これをご覧ください」

反故紙の裏に控えた名前や数字とはべつに、負け数と名前だけを記した一枚がある。

次のように書かれていた。

一敗　甚兵衛　桝屋
二敗　太郎次郎　島造　夢道
三敗　平吉　権三郎　素七

甚兵衛は真剣な目でじっと見入った。そして筆頭に書かれた自分の名前から、目を離せないのである。

甚兵衛、桝屋、太郎次郎の三名は、名前を四角く囲ってあった。そして素七は、権三郎からは離れて、しかも小さく書かれている。

常吉が二人のまえに湯呑茶碗《ゆのみぢやわん》を置いたが、なにか気に掛かることがあるのか、盆を胸に抱いたまま立とうとしない。

じっと見ていた甚兵衛が言った。

「素七さんがべつ扱いになっていますが」

「はい。おなじ三敗でも、勝ち数、負け数、残り対局数から、素七さんは全勝しても四位止まりなのです。優勝、準優勝、三位入賞は叶《かな》いません」

「名前を線で囲った三人はどういう」

そう言った声が、いくらかうわずって聞こえた。わかっていればこそである。

「その中から優勝、準優勝、三位入賞が出ます」

「しかし、島造さんと夢道さんも二敗であれば、十分に優勝をねらえるのでは」

「数字だけから見ると、そうなりますが、このような大会では、数字以外におおきな力が加わりますから」

「数字以外、とは」

「島造さんと夢道さんの確執は、甚兵衛さんもご存じですね」

黙っているということは、認めたということとおなじである。

「島造さんが年上ということもありますので、おなじ物書きとして、夢道さんはなにも言わずに我慢しています。それをいいことに、島造さんは陰湿ないやがらせを連発してますでしょう。となれば、夢道さんはその恨みを盤上で晴らすはずです。いや、晴らさずにいられれぬと思います」

「まるで講釈のようですが、ないことではありませんな。ですが席亭さん、それでも夢道さんは二敗、事と次第によっては優勝、準優勝さえねらえるのではないですか」

「本人がいかにそのつもりでも、気の毒ですが夢道さんの夢は叶いません、甚兵衛さんと桝屋さんとの対局を残しているからです。どちらかに勝てればいいですが、二敗するでしょう」

「席亭さんの読みは鋭くていつも驚嘆させられますが、こと勝負事となると、なにが起こるかわかりませんよ」

「ですがこれに関しては、読みちがえてはいないはずです」

豆狸に教えられたからではない。あらゆる事柄を照らしあわせると、どうしてもそうなるのである。そうとしかならないのだ。

「大した自信ですね」

「はい。自信ありますよ。今日明日、遅くとも二十日には決まります」

「と思います、とか、のはずです、ではなくて、決まります、と言われた」

「自信を持って、胸を張って、断言します」

「成績一覧を見せていただけますか」

信吾がうなずいて渡すと、甚兵衛は信吾の手控えと見比べながら、念入りに見始めた。紙を捲《めく》る音だけがする。

「あの」と、しばらくして常吉が言った。「将棋大会は二十日までに終わりますか」

「と、わたしは見ているのだが」

「そうしますと、もう宮戸屋には泊まらないのですよね」

未練そうな、残念な思いが籠《こ》められているような気がした。

「そうか、あっちには奉公人の仲間が多いから、いろんな話ができるもんな」

常吉は黙ったままである。ちがうのか。とすればなんだろう。宮戸屋は料理屋だから、奉公人は圧倒的に女が多い。とすると、好きな女が、というか娘だろうが、いや年上の女の包みこむようなやさしさに、くらりとしてしまったのだろうか。

いくらなんでも十二歳の小僧に、と言い切れない。常吉のような年ごろは、年上の女に淡い思いを抱くという。

「常吉、まさか、おまえ」

「ええ、お峰さんの作ってくれるものは、やはり、あの、ちょっと」

「失礼なことを言うものではありません」

色気より喰い気だったことに安心しながら、信吾はいくらか残念でもあった。

浅草で一番の料理屋であろうと、奉公人の食事は質素なもので、自分たちの食事は女の奉公人が交替で作っていた。ところが客に出した料理の残り物が出ることもあるので、その場合は峰が作るものとは比較にもならないだろう。

もっともそれだけ、楽しみが少ないということでもあった。

呆れたやつだと思いながら、ある面で信吾はホッとした。食べ物に執着してこそ常吉だと思ったからである。

甚兵衛が成績一覧をほぼ見終えたようなので、信吾は「参加者上位成績一覧」を壁に貼り出してはどうだろうかと提案した。

「そうすれば、ぐんと盛りあがると思うのですよ」

　甚兵衛はしばらく考えてから言った。

「それがいいかもしれませんね」と、負け数と名前だけが書かれた紙片に目を遣った。

「この中からしか出ないことが、はっきりした訳ですから」

「確認なさりたい方は、信吾の手許《てもと》に成績一覧があるのでご覧ください、としておけば問題はないと思いますが」

「そうですね。成績一覧を見てもらえば、納得できるでしょう」

「ところでこのまま進みますと、甚兵衛さんと桝屋さんが一敗で並んだままになります」

「どうなるかはわからんでしょう。ともに何局か残してますから」

　そう言ったものの余裕が感じられた。

「並んだ場合には、ちょっとした問題がありまして」

「と申しますと」

「甚兵衛さんはすでに桝屋さんに勝たれておりますので、通常でしたら甚兵衛さんの優勝となります」

「二人が一敗のまま残れば、ですが」

「ところがですね。大会を始めるときに、賞金を壁に貼り出しましたね。あのとき、こう付け足したんです。なお勝率が並べば決戦対局とします、と」

「ああ、そうでした。とすれば、当然それに従うべきでしょう」

「桝屋さんに勝った甚兵衛さんが上位だろう、との意見が多く寄せられると思いますが」

「それこそ、決戦対局の断り書きを持ち出せば、いいではありませんか」

すでに桝屋に勝っている甚兵衛は、鼻息荒くそう言った。豆狸の予言では桝屋が勝つことになっている。甚兵衛は断言したことを悔やむことになるだろうが、信吾としては言質《げんち》を取ったので、気の毒ではあるがまずは安心であった。

「それでは清書《きよがき》しますので、まちがいがないかどうかを見てくださいね」

との遣り取りがあり、信吾は入って来た人の目に飛びこむ、格子戸を開けてすぐまえの壁に貼り出した。ただし、それぞれの名前には様を付け加えた。お客さまを呼び捨てにはできないからだ。

「おッ」とか「へえ」、でなければ「ほーッ」と、やって来ただれもが声を漏らした。すでに数日まえから下馬評で騒々しかったので、ちょうどいいときに貼り出したということだ。

べつに疑っている訳ではないだろうが、念入りに成績一覧で確認する者もいた。

そして信吾が甚兵衛に言った言葉の一つは、その日のうちに証明されたのである。昼の食事を挟んで指された島造と夢道の因縁の対局は、息詰まる熱戦となった。対局中なのに中断して見物する者まで出る始末で、夢道が執念でもって指し勝ったときには、ほーッというおおきな溜息《ためいき》がしたほどであった。

「凄《すご》いなあ夢道さん。相手が島造さんだけに値打ちがあるよ」

源八がそう言うと、夢道はなんとか笑顔を見せた。

「全力を出し切りました。だけど、これが最後じゃないんですよね」

「そうとも、この勢いで一気に上をねらわにゃな」

信吾が夢道の最後に島造の番号を書き入れてその上に○を、島造のほうには夢道の番号を書いて×を付けた。そして二人にたしかめたが、島造は放心状態でわずかにうなずいただけであった。

「席亭さんのおっしゃったとおりになりましたね」

傍《そば》に来て甚兵衛がささやいた。

「いよいよおもしろくなってきました」

信吾はそう言って何度もうなずいた。

三敗となった島造は優勝戦線から脱落したが、桝屋も甚兵衛も順調に勝ち進んだ。前日島造に負けて二敗となった太郎次郎も勝ったので、今日、島造に勝った夢道とともに二敗を守っている。三位争いを含め、優勝争いはまだまだ混沌としたままであった。

六

春秋堂一家の座敷に招かれた十七日、一家を送り出したあとで信吾は、母の繁に「明日の夜もおまえにお座敷が掛かったの」と言われた。

「まるで売れっ子の芸妓《げいこ》だね」

苦笑したが、苦笑ですまなくなってしまった。連夜続くことになったからである。招いてくれるのが宮戸屋の得意客とか、取引相手なので顔を出さない訳にいかない。それに一度顔を出したため、あとを断れなくなってしまったのである。

「上総屋さんや春秋堂さんの席に出て、ほかを断るというのも、義理を欠きますから。困ったわねえ」

母はそう言って困惑顔になった。その実、我儘《わがまま》を言って正吾に宮戸屋を押し付け、自分のしたいことをしているのだから、ここは償いをなさいとの意味を潜ませている。互いに口に出さないだけで、それはわかっているのだ。だから信吾としては、断るに断れないのである。

信吾を招く理由は、判で捺《お》したように、瓦版で紹介された話を聞かせてほしい、というものであった。でありながら、なぜか着飾った娘がいっしょなのである。若い娘のいる人だけが、瓦版の話を聞きたい訳ではないだろうに。

だから信吾は春秋堂のときとおなじく、相手が招いた口実を逆手に取って、瓦版の話に徹することにした。それとなく含みのあることを言われても、気付かぬ振りを通したのである。

ところで将棋大会は十九日に全成績が決定した。

総当たり戦からすれば、残した対局もあったが、結果が出てしまっては、優勝争いや上位入賞に関係がなくなった対局は、意味がないということになった。

結果はこうだ。

一敗が甚兵衛と桝屋。

二敗が太郎次郎のみ。

三敗も権三郎ただ一人。

夢道に敗れて三敗となった島造は、もう一敗して四敗となった。島造を倒して二敗を保った夢道は、本人も言っていたように島造戦に全力を使い果たしたようだ。だが、実のところは、歴然とした力量差があったため歯が立たなかったのだろう。甚兵衛と桝屋に連敗して、島造とおなじ四敗に後退した。

三人いた三敗組で維持できたのは権三郎だけで、平吉は四敗に、素七は五敗となったのである。

「皆さま、お疲れさまでした。そしてご協力ありがとうございました。お蔭さまで第一回将棋会所『駒形』開所一周年記念将棋大会は、劇的な結末を迎えることになったのであります。実は優勝をはじめとした賞金を貼り出しました折、このように書き足しました。なお勝率が並べば決戦対局とします、と。万が一の場合を考えて付け足したのですが、皮肉なことに結果はまさにそのとおりになったのであります」

だれもが知っていることでもあるためだろう、場は異様なざわつきで満たされ、興奮が熱狂の坩堝《るつぼ》となったのである。

信吾は両手を突き出して、大会参加者や見物人を鎮めた。

「明日、甚兵衛さんと桝屋さんに、優勝決定戦をしていただきたいのですが、お二方、よろしいでしょうか」

言われて甚兵衛と桝屋はおおきくうなずいたが、首筋から頬まで赤く染まっていた。

「ありがとうございます。お時間はどういたしますか。お疲れでしょうから、朝はゆっくり休まれて、昼の食事を終えて九ツ半（一時）からでいかがですか」

二人は目顔での会話をしたが、すぐに甚兵衛が言った。桝屋は終始「無口さん」のままだ。

「どうせ決着を付けねばならぬということでしたら、早いほうがありがたいですね」

「わかりました。では明日の朝、五ツ半からにしていただけますか。五ツには開けておりますので、お茶を飲んで心を鎮めてから、対局に臨んでもらえればと思います」

五ツ半としたのは、本所表町から通うハツのことを念頭に置いていたからだ。今回の大会でさらに成長したハツに、頂上決戦をなんとしても見せてやりたかったからである。

「明日、五ツ半から八畳間で決戦をおこないます。八畳間は決戦のみといたしますので、通常の対局をなさる方は、六畳間と板間でおねがいいたします。明日は大事な決戦の日でもありますので、席料はいただきません」

なお黙ってはいたが、信吾は決戦が終わり次第、酒と握《にぎ》り鮨《ずし》を出して慰労の席にする予定でいた。しかし、それに触れなかったのは、飲み喰いだけが目的で、友人を誘って来るような不届き者がいてはかなわないからである。

客や見物人が帰ると将棋盤と駒を拭き浄め、席料の小銭を入れた袋を懐に、信吾は常吉を連れて宮戸屋に向かった。年内は泊まることにすればいいと両親は言ったが、将棋大会のあいだのみと決めていた信吾は、早く通常の生活にもどりたかった。

二十日の明日は甚兵衛と桝屋の優勝争いがあるが、それはいわば大会の番外のつもりであったからだ。

その夜も信吾は、宮戸屋の得意客の座敷に呼ばれていた。

上総屋に春秋堂と続いたため、要領もわかって適当に流すことを憶えたのである。親孝行のためと割り切ってやったことと、相手方の問い方や興味を持つことに何種類かの型があることがわかって、自然とそつなく対応するようになっていたのだ。

ただ一点、気を付けねばならないのは、さり気なく娘に絡めた話題に誘いこもうとするのを、いかに不自然でなくすり抜けるかであった。そのような部分にささやかな楽しみでも見付けるようにしないと、とてもではないが持て余してしまう。

翌朝、宮戸屋で食事をすませてから「駒形」にもどったが、やはり伝言箱にはなにも入ってはいなかった。

客に茶を出すのが主な役目の松が、前日、宮戸屋に引きあげるまえに掃除をしていた。信吾は決戦の日ということもあって、常吉といっしょに改めて表の八畳間と六畳間、板間と奥の六畳間を掃き清めた。

続いて床の間の掛軸を、考えた末に「行雲流水《こううんりゅうすい》」に変えた。二人の強豪の対決なので「龍虎」がいいだろうと思ったが、ありふれているという気がしたのである。であれば自分の好きな言葉にしようと思ったのだ。

信吾は空を行く雲や流れる水のように、物事に執着しないで、成り行きに任せて行動したいと思う。それはどのような相手に対しても、ごく自然に対応する、できるということでもあった。つまり力まず、むだな力を使わずに、敵の力を殺《そ》いでしまい、気付いたときには相手が自分を無力であると感じさせる戦い方を、身に付けたいとの願いが籠められていた。

八畳間の中央に、特別な対局に用いる本榧《ほんかや》脚付き四寸（約十二センチメートル）の盤を据え、本黄楊《ほんつげ》の漆の盛上駒《もりあげごま》の箱を盤の上に置いた。

そして座蒲団を向かいあわせた。信吾は立会人として盤側に坐るので、そこに自分用の座蒲団をやや余裕をもって敷く。あとは見物人のために、盤を取り巻くように並べたのである。

「おはようございます」

いつもより早めに、宮戸屋からの手伝いである松がやって来た。「駒形」での最後のお勤めということもあり、気のせいか顔色が晴れやかだ。むりもない、今日一日で、ほとんどが老人ばかりの相手という、退屈極まりない仕事から解放されるのである。

「今日で最後になるけど、よろしく頼みますね、お松さん」

「はい！」

返辞が弾んでいた。

五ツには開けていると信吾は言っておいたが、早くも六ツ半（七時）には人が集まり始めた。

将棋好きな面々である。大会での印象に残った対局や、思いもしなかった番狂わせ、ハツの活躍、第二回からの進め方など、話題の尽きることがない。

そして最大の興味は決戦の大一番で、言葉にこそしないが多くの人が金を賭けていた。

勝者だけを当てる単純なのと、優勝、準優勝、第三位のすべてを的中させるのとがある。第三位は太郎次郎一人きりとなったので、ともに勝者はだれになるか、関心はそれだけであった。

「決定戦に縺《もつ》れこんだってなあ」

野太い声とともに短軀《たんく》を見せたのは権六親分で、普段は帯に差すか懐に入れている十手を右手で握り、子分を三人引き連れていた。

「お蔭さまで、なにごともなく終えられそうです」

それまではだれもが好きなところに坐って、茶を飲んだり談笑したりしていた。信吾は席を立つと、土間に突っ立った権六のほうへ向かった。

「盛況のうちに終えられそうなら重畳《ちょうじょう》だ」

「親分さん、お茶をどうぞ」

松が盆に湯呑茶碗を乗せて、いくらかだが恐る恐る差し出した。

「ありがとよ。だが、すぐ出るからいいや。今日も妙なやつは来てねえようだからな」

「そうおっしゃらず、咽喉《のど》を湿してくださいよ」

「そうか。ほんじゃ」

権六が上《あ》がり框《がまち》に腰をおろして飲み始めると、子分は土間に立ったままで湯呑茶碗を受け取った。

「信吾。わかっておろうが、賭けなんぞするんじゃねえぜ」

「はい。心得ております」

「やるなら、大っぴらにならぬように、そっとやれ」

瓦版書きの天眼が鬼瓦と呼んだ顔が、声を潜めてニヤリと笑った。客や見物人がやっているのを、知っているのだ。

「ほんじゃ、馳走になった。おい」

権六は子分たちに声を掛けると、格子戸を開けて出て行った。

一気に緊張が和らぐのがわかった。

「信吾、鬼瓦が来やしなかったか」

ほどなく入って来て声を掛けたのは、なんと瓦版書きの天眼であった。

「今出られたばかりですが。擦れちがわれませんでしたか」

「不揃《ふぞろ》いな足音を聞いたような気がしたな」

極端なガニ股で体を揺らせながら歩くのを、皮肉っているのだ。

「決勝戦まで縺れこんだそうだが、これと言っておもしろいことは起きてねえんだろう」

「はい。幸か不幸か」

「幸か不幸かってやつがあるか」

「ご覧になっていかれますか。でしたら席を作りますが」

「おれは将棋はやらねえんだ」

そう言えば前回来たときにも、盤上に目を向けなかったのを信吾は思い出した。

盆に湯呑茶碗を乗せて、松がそっと差し出した。

「松や、先生はお酒だ。水屋の下の段に徳利があるから、それと湯呑を。いや、湯呑は茶を捨ててそれを使ってもらうからいい」

得体の知れない男が朝から酒を飲むというので、不気味になったのだろう、松は返辞もそこそこにさがった。

天眼が例の瓦版を書いたとは、だれも知らないはずである。ただ、椪寺で信吾がならず者をやっつけたときその場にいたことと、瓦版の内容から、天眼が書いた本人ではないかと思っている人はいたかもしれない。

上がり框に腰をおろした天眼が湯呑の茶を捨てたのは、松が徳利を提げて現れたからである。そして受け取り、酒を注ぐと一息で半分ほども飲んでしまった。

開始にはまだ四半刻ほどあったが、いつの間にか八畳の将棋盤の周りには人の輪ができていた。信吾は天眼に会釈して、そちらに向かうと、盤側の自分の座蒲団に坐った。

本番では一度甚兵衛が勝っているからだろう、「行雲流水」の掛軸を背に上座に坐り、下座に桝屋が座を占めていた。

それまではあちこちで話が弾み、笑いも起きていたが、さすがに緊張してか、短い遣り取りが交わされるくらいである。

「みなさん、おはようございます」

その明るい声で男たちの顔が、一瞬にしてやわらかくなった。

「おハツさん、間にあってよかった。始まるところだから、ここに坐って見せてもらいなさい。皆さん、畏れ入りますが通してあげてくださいませんか」

信吾が座蒲団をゆったりめに敷いたのは、ハツを坐らせるためであった。盤から座蒲団をいくらか引くと、普段は胡坐《あぐら》などかかない信吾が、自分は尻が落ちるくらいうしろにずれ、そのまえにハツを坐らせた。窮屈だが、それくらいは辛抱してもらうしかない。

信吾はほかの方は自由に楽しんでくださいと言っておいたが、六畳間でも板間でも対局する者はいなかった。盤の周りに年寄りを坐らせ、若いとか体力に自信がある者は中腰か立っての観戦となる。

「それでは、桝屋さんの先番で始めていただきます」

一礼した桝屋は、しばらく間を取って飛車先の歩を突いた。

淡々と指し手が進められたが、二人とも堅実な戦法なので、息を呑むような奇手が出ることもなければ、思い切った捨て駒に走ることもない。

でありながら攻防は次第に激しさを増していった。やがて指したほうが有利となり、次に相手が指すと今度はそちらが優位と、目を離せなくなってしまった。だれもがしわぶき一つせずに、ただ黙って見詰めている。

多くの観戦者が、次第に息苦しさを感じ始めたころであった。

「まいりました」

甚兵衛が頭をさげると同時に、金龍山浅草寺の時の鐘が九ツ（正午）を告げた。勝負は淡々と始まり、静寂の裡《うち》に終わった。嫋々《じょうじょう》たる鐘の音が、その場の人たちの心に、余韻とともに沁《し》み渡って行く。

しばらくはだれもが口を閉ざしたままだ。それぞれが、さまざまな思いに囚《とら》われていたからだろう。

「これをもちまして、第一回将棋会所『駒形』開所一周年記念将棋大会は、ぶじ終了いたしました。優勝の栄誉に輝いたのは桝屋さん、第二位が甚兵衛さん、第三位が太郎次郎さんとなりました。皆さまおめでとうございます。そしてご参加の皆さま、本当にありがとうございました」

少しお待ちくださいと断って信吾は八畳間を出ると、奥の六畳間に入った。そのまえに常吉と松に、予め言い含めて置いたことを伝えた。

信吾は決勝戦の結果が出るまえに、天眼が姿を消したのに気付いていた。八分ほど入っていたはずの一升徳利は、きれいに空になっていた。

奥の六畳間は、前日までは大会に参加しない人のための対局用に使っていたが、その日は締め切ってあった。信吾は大会名と優勝、準優勝、第三位と書いた下に、それぞれの名前を書き入れると、墨が乾くのを待って部屋を出た。

表座敷ではお酒と、飲めない人にはお茶、そして握り鮨の大皿が何箇所にも置かれていた。

信吾は三人に賞金を入れた包みを手渡し、参会者たちに笑顔を向けた。

「お天道さまの下では気が咎《とが》めるかもしれませんが、ささやかなお礼でございます。軽く摘まんで、口をお湿しください。そして明るいうちにお開きにしたいと思います。今後とも『駒形』を、どうかよろしくお願いいたします」

集まった人たちに酒を勧めながら、信吾は一滴も飲まなかった。その夜も、宮戸屋の座敷が待っていたからである。

七

久し振りの鎖双棍《くさりそうこん》のブン廻しのお蔭で爽快であった。ただし瓦版が出た三日から、将棋大会の決勝がおこなわれた二十日の昨日まで、ずっと怠けていたツケはおおきい。

前夜、宮戸屋から「駒形」にもどったときには、酒が入っていたこともあって、杖《じょう》術《じゅつ》の連続技、鎖双棍の組みあわせ技、木剣の素振りと型の稽古はしなかった。

そして今朝、勇んでブン廻しに取り組んだのである。結果は無惨であった。

稽古は一日休むと取り返すのに三日掛かると言われているが、まさにそのとおりだったのだ。

右手で柄《つか》を握り、頭上で円を描くように振り廻す。そのとき、一個一個の鎖の繋ぎ目が見えるかどうか、どの段階まで見え、どこから見えなくなるか、それを試すのだが、やはり半月以上の空白はあまりにもおおきすぎた。

手拭で、久し振りに搔いた汗を拭っていると、思い掛けない声がした。

――信吾さん、おはようございます。

さすがに驚いた。

――どしたい。おっかさんの具合が良くないのか。

――お蔭さまで元気です。信吾さんとこへは行っちゃだめだと言われたんですが、我慢できなくて。

――というと、将棋大会の成績だな。

――はい。おいらの言ったとおりだったでしょう。

――ああ、ピタリだったので驚いたが、しかし、なんでわかるのだ。

――なんでって、なぜでしょう。……人は自分の持っている力を知らないので、気付けないのではないでしょうかね。

——どういうことだ。

——多分、多分ですけどね、頭の中にいろんな知識がびっしりと、詰まってるからじゃないですか。それに頼りすぎるために、自分が持っている力に気付けないか、忘れてしまったのかもしれません。

あるいは信吾が生き物と話せる、というか心を通わせることができるのは、豆狸の言ったことに関係があるのかもしれないという気がした。三歳のときの大病で、三日三晩ひどい熱を出してしまったのだ。その穴埋めに、人が知識と引き換えに喪《うしな》った力の一部を、神さまか仏さまが気の毒がって、そっともどしてくれたのかもしれない。そんな思いが、頭いっぱいに拡がったのである。

——信吾さん、信吾さん。

——あ、なんだい。

——考え事をしてたようですね。

——すまない。

——なにか困ったことがあったら、あたしたちのことを念じてくださいって、母さんが言いました。あれが本当だと、わかってもらえたでしょう。

——ああ、わかった。十分にわかったよ。

——だから、なにかあったら、おいらを呼んでね。

「信吾さん。ご飯ができたよ」と、呶鳴《どな》ったのは峰だった。「早く食べないと冷めちゃうから」

「ありがとう」

大声で応えてから豆狸に語り掛けた。

——わかった、そうするよ。おっかさんによろしくな。

しかし、すでに帰ったらしくて返辞はなかった。

食事を終えると、信吾は常吉に手習を教えることにした。なにしろ二十日に及ぶ将棋大会が、幕を閉じたところであった。指しに来る客は少ないだろうし、出足も遅いと思ったからである。

その日も一番乗りは甚兵衛で、さすが大会中ほど早くはなかったが、それでも五ツには間があった。

「照れますなあ」

朝の挨拶を交わすなり、甚兵衛はそう言って首筋を掻いた。八畳間との境の六畳間、格子戸を開けて入って来るとすぐ目に付く壁に、第一回将棋大会の成績が貼り出してあったからだ。

「それにしても決勝戦にふさわしい、まさに紙一重の名勝負でした」

「お蔭で次回の目標ができましたよ」

さすがに負け惜しみだろうが、口惜《くや》しいと思っているあいだは、まだまだ伸びる可能性は残されているということだ。などと、人生の大先輩に対して失礼か。

「おはようございます、信吾さん」

まさかと思って振り返ると麻太郎であった。すっかり旅の拵《こしら》えで、やはり旅支度を整えて振り分け荷物を肩に掛けた従者が二人、うしろに控えている。

「麻太郎さんじゃありませんか。旅に出られるのですね」

「はい。父の代理で信州にまいることになりまして、そのまえに、先日相談に乗っていただきましたお礼をひと言と、寄せていただきました」

目があうとちいさくうなずいた。二人で話したいということだ。甚兵衛も事情を察したのだろう、麻太郎に会釈すると八畳間に入った。

信吾は常吉に、従者に茶を出し、奥の六畳間に手炙《てあぶ》りを用意するように命じた。

麻太郎が草鞋《わらじ》の紐《ひも》を解いているあいだに、二人の従者は肩に掛けた荷物をおろし、上がり框に腰掛けた。

信吾が麻太郎を伴って奥の六畳間に入ると、手炙りを真ん中に座蒲団が向きあわせて置かれていた。二人が坐ると、すぐに常吉が茶を持って来た。

「信州へとなりますと、廻り道になるのではありませんか」

麻太郎の家の商売《あきない》も、見世がどこにあるかも信吾は知らない。信州に向かうとすれば、向島や本所からでないかぎり、浅草の駒形は廻り道になるはずであった。だから当てずっぽうで言ったまでである。

また父の代理と言ったが、父親が多用なのか、たまたまべつの仕事とぶつかったのか、病気や怪我《けが》のためなのかもわからない。だが信吾はそれを訊こうとは思わなかった。今のところ知らなくても不自由しないし、また必要があれば麻太郎が話すだろうからである。

このような、客との距離の取り方、保ち方も、自然と身に付いていた。

麻太郎は懐から紙包みを出すと、膝元の畳に置き、信吾のほうへと滑らせた。首を傾《かし》げた信吾に、麻太郎は笑い掛けた。

「相談に乗っていただいたお蔭で、すっかり解決いたしました。もっと早く伺ってお礼を述べねばならぬところでしたが、なにかと用が重なりましたし、旅の支度もありましたので」

「でしたら旅からもどられてからで、よろしかったのに」

「性分でございましょうか。すっきりしてから旅に出ないと、気がすまないのですよ」

信吾は具体的な相談を受けたとの自覚がないのに、あれこれ話しているうちに、なにか感ずるところがあり、相手は自分なりに解決してしまうようだ。それを信吾が相談に乗ったからだと、受け止めているらしい。

美濃屋《みのや》の丑太郎《うしたろう》の場合もそうだったが、このようなことで相談料をもらったことは、これまでにも何度かあった。そのため、相談に対する概念が信吾の中で変わりつつあったのである。

「先日、いろいろとお話を伺いまして」

麻太郎はそう切り出した。

このまえ麻太郎が来たのは、朝、豆狸を伴った母狸が礼に来て、明日からは食べ物はけっこうです、と言った日である。理由は豆狸が信吾の食べ物に頼りすぎ、自分から真剣に探そうとしない。これでは大人になってから生きていけないから、厳しくしたいとの親心であった。

大会に関しては、一敗を守っていた太郎次郎が島造に敗れておなじ二敗となった日だ。それによって優勝、準優勝、第三位の争いがさらに熾烈《しれつ》になった。

麻太郎に「駒形」の内部や対局している人たちをじっくりと見てもらい、庭に連れだして談笑したのであった。

大会を思い付いたきっかけや、賞金をなぜあの額に決めたのか、また多くの人から寄付を集めた方法など、問われるままに語った。麻太郎が特に興味を示したのは、対局を決めるに至った過程や、目論見が外れたことと、それに対する修正の仕方などであった。

信吾は問われるままに考えを語ったのだが、麻太郎にとってはそれが相談であり、自分の悩み解決の糸口を得られたということなのだ。

「自分の中で縺れに縺れ、収拾がつかないまでに混乱しておりました。ところが信吾さんのお話を伺ううちに、快刀乱麻を断つごとく」

「それはようございました」

「わたしは葉っぱと枝に幹、その区別が付かぬほど、訳がわからぬ状態に陥っていたのですね。それが、不意に幹が見えたのです。幹です。根幹です。すると枝と葉っぱも見えました。大小がはっきりとわかったのですよ。重要なことと、さほどでもないこと、取るに足らぬこと、が。幹と枝と葉、そしてそれらを支える枝で木は成り立ちます。だから花が咲き、鳥や蝶などさまざまな生き物が集まるのです」

「微力ながらお力になれてよかったです」

「ですから、これを」

麻太郎は紙包みに手を触れ、それをさらに信吾のほうへと滑らせた。

「そうですか。では、ありがたく頂戴致します」

信吾は紙包みを手にすると、額のまえで拝んでから懐に収めた。

麻太郎は一礼すると立ちあがった。

信吾は門口を出て、日光街道の所まで主従を見送った。

「では、道中気を付けて行ってらっしゃいまし。どうか、よい旅を」

あとで開けてみると三両が包まれていた。

麻太郎は気持よく送り出せたが、十六日の夕刻「駒形」にやって来た信三からは、その後連絡がないままであった。信吾を御厩河岸の料理屋に誘った信三は、商家のあるじだと思われた。相談する以上、相手に秘密を知られざるを得ないが、そのことに強い拘《こだわ》りを持っているようであった。

噂を聞いたか人に教えられたかして、取り敢《とあ》えず信吾がどんな若者かを知りたくて来ただけの者は、これまでにもいた。酒食をともにしてそれだけで満足した人もいれば、記憶に留めておいて、なにかの折には相談しようと思っている人もいるのだろう。

もちろん、相談に来たとしても、解決できたこともあれば、信吾の手には負えないこともあった。

よろず相談屋に来る人には、多少の共通点があることもないではないが、極論すればだれ一人としておなじではないのだ。切羽詰まって相談に来る人もいれば、長い期間が掛かってもかまわないと考えている人もいる。悩みや迷いがちがえば、相談に来る理由もまちまちなのである。

信吾はここしばらくで、特にその思いを強くさせられたのであった。

麻太郎を見送ってしばらくすると、ぽつぽつという具合に常連客たちがやって来た。

大会中の前日までとはちがって、どことなくのんびりと感じられた。表情もおだやかであれば、「駒形」の雰囲気も和やかであった。

「大会は大会でいいものでしたが、これが本来の将棋会所でしょうかね。またそれなりの味わいがあります」

おなじようなことを感じたらしく、甚兵衛が茶を飲みながらそう言った。

「上中下の級分けにしたほうが、と申したことがありましたが」と、信吾はふと言葉にしてしまった。「いかがなものかと思うようになりました」

「実際に対局を楽しんでいる方たちが、順位付けをされるのを、よく思われてないのではないかということですね」

「よく似た腕の人と指して楽しみたい、そう願っている人がほとんどだとわかりました」

「自分はどうしても強くなりたい。上にあがりたい。上位入賞、できれば優勝したい。そういう人だけで、大会をやるべきかもしれません」

「やはり、やってみて初めてわかったことなのです」

「とすれば、それだけでも価値があったということですよ。恐らく皆さん、あれこれと感じられたものが多いと思いますから、いろんな意見が出て来るでしょう。それらを参考にして、次回の進め方を決めようではありませんか」

八

指しに来た客はほとんどが常連であったが、大会を見物していた顔触れが三人来ていた。これも大会の効果ということだろう。その大会が終わったので、蕎麦や饂飩《うどん》の担ぎの屋台も来なければ、店屋物の註文《ちゅうもんと》取りも顔を出さない。

さて、どうだろうと思いながら、信吾は常吉を呼んだ。

「へーい」

やって来てちょこんと坐る。

「大会のあいだは本当によくやってくれた。常吉が頑張ってくれたから、乗り切れたと思っている」

「いえ、言われたことを、ただ一所懸命やっただけですから」

一年前には想像もできなかっただろうが、実に立派な返辞である。

「ご褒美に好きな店屋物を頼んでいいぞ」

「だったら、波の上《うえ》」

ずっと以前に好きな店屋物をと訊いたら、鰻重《うなじゅう》とやらを食べたいと言ったので、波の上を註文してやったのである。鰻重には上中並があって、これは中だから波の上だ、と言ったがわからない。中は「並の上」だから「波の上」を引っ掛けた洒落《しやれ》だと説明したが、理解するまでにしばらく間があった。

それ以来、店屋物を頼んでいいと言うと、鰻重の「波の上」の一点張りだったのである。

大会中は宮戸屋で、余り物ではあっても会席や即席の料理を食べている。また客からの差し入れもあったので、多少とは言えほかの料理も食べていた。だからどう言うかと思っていたのだが、常吉には鰻重が一番のご馳走のようだ。

「鰻は夏の土用の食べ物のように言われているが、本当は冬場のほうが美味《おい》しいのを知っているか」

「え、どうしてですか」

「厳しい冬を乗り切らなければならないので、餌の豊かな秋に腹一杯に滋養のある物を食べているからだ」

説明したときには、常吉は立ちあがっていた。

「旦那さまもおなじものでいいですか」

「常吉といっしょでいいぞ」

「はい。わかりました」

との声の後半は、下駄の音と共に格子戸の向こうに消えた。

その夜、宮戸屋に着くと、繁にどの部屋かを教えられた。毎回のことだし、信吾は早くて六ツなので相手は待ちかねている。だから事務的な遣り取りだけで、すぐに座敷に向かうのである。

招いてもらった客に、訊かれるままに瓦版の事を話す。そして送り出すとそのまま真《ま》っ直《す》ぐ「駒形」にもどるのだが、その日は母に呼び止められた。

居間に入ると、父の正右衛門、祖母の咲江に弟の正吾も坐っている。

「はい、お疲れさま」

母がそう言うと、父も祖母も労《ねぎら》いの言葉を掛けた。それから三人は意味ありげに顔を見合わせたが、となるとなにか問題が起きたと思うしかない。

「あのね」と、そこで切ってから母は続けた。「春秋堂の善次郎さんがお見えになったの。それでお話があったのよ。年が明けて松が取れたら、ご一家で伺いますって」

「瓦版のことだったら、なにもかも喋ったから話すことはなにもないよ」

「信吾だけじゃないの」

「どういうこと」

「あたしたちと、お義母さまに正吾も、なの」

つまり春秋堂と宮戸屋が、一堂に会するということだ。

「それって、もしかして見合いのつもりじゃないの」

「もしかしても、つもりもないわ。お見合いよ。人を立てなかったのは、親しい両家のあいだでもあるし、あまり堅苦しくなくいたしましょう、ということでしょ」

「だってわたしは、波乃さんとは話してもいいないんですよ」

「話さなくたって十分に通じるものだ」と、父が言った。「目は口ほどに物を言う。ときには口以上に物を言うからな」

「わたしに関係ない所で、勝手に話を進めないでください」

「言葉は交わさなかったけれど、二人ともいい感じだったそうじゃないか」

父が思い入れたっぷりに言った。もしかしたらあれかな、と信吾には思い当たることがある。

波乃が善次郎とヨネに、「そんなふうに押し付けては、信吾さんが困ってらっしゃるではないですか」と言ったときのことだ。すると「信吾さんのためを思って言ってるのだが」と言ってから、善次郎は娘を見た。そして「波乃はやけに信吾さんの肩を持つな」と言ったのだ。

今にして思えば、善次郎の言葉はわざとらしかった気がする。

父の言葉に波乃は消え入るような声で、「知らないったら、もう。わからずやなんだから」と言った。

おやッと思って見たとき、信吾は目があってしまったのである。波乃は顔を真っ赤に染めたが、それを見て信吾も訳がわからず頬が火照るのを感じた。

善次郎とヨネはそんな二人の反応を見て、双方が互いを好もしく思っていると確信したにちがいないのだ。

このまま押し切られてはたまらない。

そうだ、あれだ。

もも、いおもお嬢さまのことがあるではないか。波乃にしても、それほどおおきなちがいがあるとは思えない。

「実は黙っておりましたが、こんなことがありました」

そう前置きして信吾は打ち明けた。

よろず相談屋を開いて、それほど経っていないころのことだった。ある日、本銀《ほんしろがね》町《ちょう》のお菓子卸商の番頭が、「駒形」に信吾を訪ねて来た。

信吾は浅草寺の境内で、お付きの女中と下女を連れた商家のお嬢さんと出会ったことがあった。恥ずかしくて鳩《はと》の餌売りの老婆から豆を入れた紙袋を買えないらしいので、信吾が三袋買ってお嬢さんに手渡した。それがももお嬢さまで、信吾に一目惚《ひとめぼ》れして寝付き、食事も咽喉を通らなくなったという。

講釈や落語で聴いたことはあるものの、身近で、それも自分絡みでそんなことが起こるなんて、だれが思うだろう。

ももお嬢さまはさめざめと泣くばかりだが、番頭はなんとか経緯を訊き出すことができた。苦労して調べたところ、若旦那ふうの相手は浅草広小路に面した老舗料理屋の長男だという。そこで番頭は信吾に、ももお嬢さまに会ってくれないかと頼みに来たのだ。料理屋を弟に継がせることにして自分は家を出、将棋会所と相談屋を開いた信吾に共感し、番頭は帰って行った。

ところが自分が恋い焦がれた人は、若旦那なんぞではないとわかってお嬢さまは驚いた。一人二十文の席料をもらって細々とやっている将棋会所と、素性のはっきりしない人が来て、どんな相談を持ち掛けるかわからない、いかがわしい相談屋のあるじだと言うではないか。

それでは、まるっきり話がちがう。

やさしくて見てくれもいい、老舗料理屋の若旦那である信吾、自分は老舗の若奥さまになれるからこそ惚れたのではないか。将棋会所と相談屋のおかみさんになる気など、微塵《みじん》もない。百年の恋も一時に冷める、まさにそれだったのだ。

「波乃さんは、『駒形』やよろず相談屋の実際をご存じじゃないですからね。だから知ったらびっくりして、あの話はないことにしてくださいとなるに決まってます」

「そうね。管と絃の楽器の卸と小売りをしている、大店《おおだな》のお嬢さんですもの。当然かもしれません」

母が簡単に認めたので、却《かえ》って気になったほどだ。

「でも父さんと母さんは、春秋堂さんの申し出を受けたんでしょ」

「当たりまえじゃないか、とてもいい話だもの」

「波乃さんを騙《だま》すことになるのですよ」

「信吾はなぜそう言い切れるの」

「わかり切ったことだもの。ももお嬢さまといっしょですよ。添えなければ死ぬしかないと言っていたのに、お客さんがお年寄りばかり、しかも一人二十文と知っただけで、掌《てのひら》を返すように」

「それはももさんが、なにも知らなかったからですよ。波乃さんは信吾が将棋会所と相談屋をやっていることを知っているし、それに瓦版も読んでるわ。むしろ、裸一貫の信吾となら、苦労のし甲斐《がい》があると思ってるかもしれないし」

「信吾に訊きます」と、鋭く言ったのは祖母の咲江であった。「波乃さんがももさんでなかったら、いっしょになってもいいのですか」

「波乃さんがももさんである訳が、ないではありませんか」

「あたりまえです。それに言葉の綾《あや》だってことがわかっているのに、冗談に紛らして逃げるのは卑怯《ひきょう》です。男らしくありません。信吾は相手の都合ばかり言って、自分の考えは隠している。男らしくはっきりなさい。信吾は波乃さんがももさんでなかったら、いっしょになってもいいのですか」

むぐッと咽喉の奥でくぐもった音がした。男らしくない、卑怯だと、それも身内から断言されたのである。ここは意地でも認める訳にいかないではないか。

「いいです」

言ってしまった。

心の奥深いところに、事実を知ればいくら波乃でも、まちがいなく尻込みするだろうという気があったのだ。ところが言ってしまった直後に、信吾はまざまざと思い出したのである。顔を真っ赤に染めた波乃を見て、訳がわからず頰が火照ったことを。あのときの胸のときめきを。

自分はそれを正直に認めたくなかったので、なにかと理由を付けていたのではないかと。

そのとき母が、声の調子を変えて言った。

「正吾はずっと黙ったままだけど、どう思っているの」

「ちょっと、困りますね」

その言葉に、信吾は思わず飛び付いた。

「だろう。男の兄弟だからこそ、わかるんだよな。良い弟を持ってよかった」

「いえ、そうではないのです」

「なにがちがうというのだ」

「信吾兄さんと波乃さんが夫婦《みょうと》になったら、波乃さんはわたしの義姉《ねえ》さんになりますね」

「そんなことは言うまでもない」と、父が言った。「例え年下であろうと、兄の妻は義理の姉となる」

「波乃さんは十七歳でしょう」

「二つちがいの花江さんが来春二十歳で婿取りだから、今年は十九歳。すると二つ下の波乃さんは十七歳で、算盤《そろばん》を弾《はじ》くまでもない」

「わたしも十七歳ですよ。おない年の女の人を、お義姉さんと呼ぶのは辛いなあ。とても呼べませんよ。それを考えると、困ってしまいます」

「正吾」と、父が笑った。「まじめな顔をして惚けたこと言ってるから、冗談だと許してもらえるが、そうでないと馬鹿にされるところだぞ」

　正吾がこれ以上ないという情けない顔をしたので、両親も祖母も噴き出した。だが信吾は、正吾は真剣だったのかもしれない、いやそうにちがいないと思った。

「ともかく信吾、じたばたしても始まらないの。年が明けるのを、松が取れるのを楽しみに待ちましょう。波乃さんがももさんであるか、そうでないかはっきりするから」と、母は少し間を置いて言った。「本当のところ、心は決まってるんでしょ」

信吾は冗談でなく、豆狸を呼び出して相談したくなった。

いずれにせよ「駒形」とよろず相談屋を始めて一年がすぎ、なんとか二年目を迎えられそうだ。気が付けば目のまえに一里塚が立っているが、立った場所が追分なので、道は右と左にわかれていた。

右——危険な面もあり苦労は多いかも知れないが、見返りとして得る物は多いだろう。もっとも到達できればとの条件が付くが、それが何割か何分かの数字は、なぜか示されていない。

左——まったく平穏で、これと言った苦労もせずにすむだろう。だが退屈極まりなく、選んだ以上は無聊《ぶりよう》に身を委ねるしかない。ごく一部ではあるが、退屈に耐えられず命を落とす者もあるそうだ。

さあ信吾、どちらを選ぶ。

右か、それとも左か。

解　説

吉野　仁

野口卓による書き下ろし時代小説シリーズ〈よろず相談屋繁盛記〉第四弾、『やってみなきゃ』の登場である。このシリーズ、青春時代小説としての爽快な面白さに満ちているだけじゃない。軽快な語り口によって、主人公の身のまわりでおこる騒動が二転三転していく話の妙に加え、あまりに不思議な出来事や人の意外な面が次々と描かれており、その奇妙だったり人間味を感じさせたりする展開が読ませどころになっている。

いちばん特徴的だと思うのは、題名だ。第一弾『なんてやつだ』は、主人公と出会った者たちが思わずつぶやく言葉そのままではないか。しかも、どこか人を喰《く》っている感じ。浅草東仲町の老舗料理店「宮戸屋」の息子である信吾は、長男にもかかわらず家を継ごうとはせずに、十九歳になってから「よろず相談屋」と将棋会所「駒形」を始めた。まさに「なんてやつだ」なのである。

また信吾は、九歳のころから巌哲和尚を師匠として棒術と体術を習っており、のちに剣術を学び、そして鎖双棍《くさりそうこん》（ヌンチャクのような護身具）を使うまでになった。いまでも日々の鍛錬は欠かさずにおこない、懐にはいつも鎖双棍をしのばせている。ふいの襲撃をかわし、浪人とわたりあうほどの腕前なのだ。将棋会所を開くぐらいだから将棋がそこそこ強いのはとうぜんだが、まさか武術の覚えがあるとは身内の者でさえ知らない。

さらに驚くのは、信吾が持つ特殊な能力である。三歳のときに大病を患ったせいで、ときおり記憶の欠落がある一方、生き物の語る声を聞くことができる、というのだ。作中、犬や猫などの動物からヤモリのような爬虫類《はちゅうるい》まで、信吾へ語りかけてくるのだから驚きである。会話をするというよりも、頭のなかへ伝える、いわゆるテレパシーのような形らしい。『なんてやつだ』は全五話の構成で、その第一話の題は「人は見掛けに」だった。まさに人は見掛けによらないどころか、知れば知るほど「なんてやつだ」と言わずにおれないのが、本作の主人公、信吾なのである。

めでたく開いた将棋会所「駒形」は大賑《おおにぎ》わいとなったものの、当初「よろず相談屋」のほうの客足はいまひとつ。それでもときおり思いもよらない客が訪れる。〈よろず相談屋繁盛記〉におけるいちばんの読みどころは、奇妙な相談ごととその解決をめぐる顚末《てんまつ》だ。

なかでもシリーズ第二弾『まさかまさか』の第三話「鬼の目にも」は、とんでもない驚きだった。信吾のもとに白い犬が訪ねてくる。そこまではいい。先に述べたとおり、犬と話ができるのだから。それをわかったうえで読み進めてもなお、「まさかまさか」の展開が待ち受けている。幇間《たいこもち》が登場することも加えて、これはもう落語の世界ではないか。ちょうど二代目 桂枝雀《かつらしじやく》による、人と猫が会話する珍妙な噺《はなし》を思い出したものだ。こうした大胆で奇抜な発想、現代風にいえばＳＦやファンタジーでお目にかかる設定を時代小説に導入したことは、じつに画期的である。しかも、それなりの現実感がある。つくりごとをいかにも本当のことらしく読ませるという小説の神髄を軽妙な筆致でやってのけたのだ。

もうひとつの「まさかまさか」は、「駒形」で働く常吉の変貌だ。小僧の常吉は、客から席料を受け取り、茶や莨《たばこ》盆《ぼん》を出し、履物をそろえるのが主な仕事だった。昼になると食事のため店屋物を頼む客がいて、わずかだがお駄賃をもらえるため、常吉もがぜんとして張り切る。だが、それ以外のときは、柱にもたれて居眠りしていることが多かった。常吉は何に対しても関心をもたない小僧だったのだ。そんな常吉が、あるきっかけで自ら将棋を覚えようとする。その模様が描かれていたのは、『まさかまさか』の第四話「夢のままには」だ。未熟な主人公が困難を乗り越え大成していくのは、青春小説における基本形だろう。本シリーズの柱は信吾の成長ぶりにある。しかし、その変貌が店の小僧にまで見られるとは、思いもしなかった。こころから熱中できる対象を見つけ、無心で取り組み、その上達を自らの喜びとする様子は、とても痛快である。読んでいて無性に常吉を応援したくなった。どこをとっても「まさかまさか」の展開なのだ。

第三弾『そりゃないよ』は、宮戸屋が騒動に巻き込まれて危機に直面する。店で食事をした者たちが食中《しょくあた》りをおこしたというのだ。しかもそれが瓦版に載り、騒ぎは拡大していくばかり。まさに「そりゃないよ」である。

こうしてみると、この〈よろず相談屋繁盛記〉シリーズは、青春ものとしての面白さはもちろんのこと、相談や騒動にまつわる謎とその解決、人がほかの動物と話をする奇妙な世界など、ミステリーやファンタジーのごとき趣向も含みつつ、落語のようなおかしさや人情味あふれる日常が描かれている時代小説なのだ。まるで老舗の料亭がこしらえる贅沢《ぜいたく》なお弁当のごとく重箱にご馳走《ちそう》がつまっている感じ。ときおり活劇がはじまることもあるが、いわゆるチャンバラものではない。むしろ闘いのあと相手の懐に入って仲良くなることが多い。もしくは信吾と親しくなった相手は、そののち自然と世間での評判をあげていく。岡っ引きの権六などは、そのいい例だ。憎しみをつのらせた対立やベタベタした内輪のつながりではなく、あくまで人柄の良さから生まれる友好を基本に、すっきり痛快な人間関係が描かれている。そのせいか、読んでいるこちらまですがすがしい気持ちになるのだ。

さて、第四弾となる本作『やってみなきゃ』は、またしても予想外の展開をみせていく。将棋会所「駒形」も開所一周年をむかえ、将棋大会を開くことが決まったというのだ。信吾と甚兵衛が雑談しているうちに生まれた話である。常連客の甚兵衛は、「駒形」および「よろず相談屋」の家主なのだ。参加者を募集するとともに、大会のやり方をどうするか、検討を重ねていく。

今回、信吾と仲間たちが、将棋大会を開くに際し、多くの難題に遭遇しながらも、いかにして成功へと導くのか、まずはその過程が興味深いところだ。予想どおりに事は運ばない。まずは出来ることから始めるべし。うまくいかないことは別の方法を考え試すなど、試行錯誤していけばいい。たとえば、第一にしっかりしておかなくてはならないのは、組み合わせ方や勝敗の記録法だ。そのほか、実際に試合の対局が行われるようになって、はじめて見えてくる問題も多い。まさに「やってみなきゃ」わからないのだ。そして、常連客をはじめ、いったい参加者の誰が優勝するのか。どんな成績を残すのか。その行方も読みどころである。

それにしても、この「駒形」開所一周年記念将棋大会、大がかりな催しに発展したものだ。百八十三人もの登録があり、正月の休みをまたぎ、約二ヶ月がかりで総当たりの対局をおこなうというもの。しかも信吾は、できれば今回限りではなく、うまくいけば第二回、第三回と開催する算段でいる。今回の結果を参考に、次回は方法を変えていこうと思案しているのだ。まさに、これも「やってみなきゃ」わからない、である。

さらに、将棋大会の顚末を縦軸とするなら、その最中に信吾のもとへ舞い込む相談ごとや思わぬ騒動などが横軸となり、物語の幅をひろげていく。これまで信吾が親にも秘密にしていた武術の修行が知られてしまったり、はからずも女性たちの人気者となってしまったりと、今回もまた、やぶから棒に問題ごとが発生していく。そして、例によって、奇妙な動物が信吾に語りかけてくる。まるで人を喰ったような話だ。いや、狸《たぬき》に化かされたような、というべきか。なんとも愉快な小説である。

そのほか、「駒形」の常連客や信吾の親兄弟に加え、人気の幇間である宮戸川ペー助をはじめ、質商「近江屋」の三男坊・太三郎、瓦版書きの天眼、将棋の強い十歳の女の子ハツなど、これまでのシリーズを読んできた方ならばお馴染《なじ》みとなった人たちがあちこちで登場してくるのも、うれしいところ。まさにオールスターキャストが演じる大作映画の趣きである。

作者の野口卓は、二〇一一年に文庫書き下ろしによる時代小説『軍鶏 侍《しゃもざむらい》』で小説家としてデビューした。この『軍鶏侍』は多くの時代小説読者から注目をあつめ、歴史時代作家クラブ新人賞を受賞した。以後、〈軍鶏侍〉シリーズを数多く刊行したほか、〈北町奉行所朽木組〉、〈ご隠居さん〉、〈手蹟指南所「薫風堂」〉、と文庫書き下ろしを中心に、いくつもの時代小説シリーズを手掛けている。また単発作品として『一九戯作旅』や『大名絵師写楽』などがある。前者は十返舎一九の半生をたどったもので、後者は写楽の正体とその謎に迫ったものだ。

この〈よろず相談屋繁盛記〉第一弾『なんてやつだ』は二〇一八年八月の刊行だ。一年ちょっとでシリーズ四作が出たことになり、順調な刊行ペースを保っている。これから信吾がどのような活躍を見せるのか、ますます愉《たの》しみだ。個人的には、生き物と話ができる信吾の特殊能力を存分に活《い》かした奇想天外な逸話を期待したい。いずれにせよ、こちらの予想をいい意味で裏切る話を読むことができることだろう。

（よしの・じん　文芸評論家）

本書は、集英社文庫のために書き下ろされた作品です。

本文デザイン／亀谷哲也［PRESTO］
イラストレーション／中川　学

集英社文庫
野口　卓の本

まさかまさか
よろず相談屋繁盛記

跡目を弟に譲り、将棋会所兼相談屋を開業した信吾のもとへ、奇妙な依頼が舞い込む。依頼人はお武家だったり、え、犬？　まさか、まさかの第二弾。

集英社文庫
野口　卓の本

そりゃないよ
よろず相談屋繁盛記

信吾の実家の料理屋、宮戸屋で食あたりが出た⁉
相談屋への依頼は職業倫理を問われる難題で……。
など、信吾に数々のピンチが訪れる波乱の第三作。

集英社文庫　目録（日本文学）

集英社文庫　目録（日本文学）

野口卓　やってみなきゃ　よろず相談屋繁盛記
野崎まど　HELLO WORLD
野沢尚　反乱のボヤージュ
野中ともそ　パンの鳴る海、緋の舞う空
野中柊　小春日和
野中柊　このベッドのうえ
野茂英雄　僕のトルネード戦記
萩本欽一　なんでそーなるの！　萩本欽一自伝
萩原朔太郎　青猫　萩原朔太郎詩集
橋本治　蝶のゆくえ
橋本治　夜
橋本治　幸いは降る星のごとく
橋本治　バカになったか、日本人
橋本治　結婚
橋本紡　九つの、物語
橋本紡　葉桜

橋本長道　サラの柔らかな香車
橋本長道　サラは銀の涙を探しに
馳星周　ダーク・ムーン(上)(下)
馳星周　約束の地で
馳星周　美《ちゅ》ら海、血の海
馳星周　淡雪記
馳星周　ソウルメイト
馳星周　雪炎
馳星周　パーフェクトワールド(上)(下)
馳星周　陽だまりの天使たち　ソウルメイトII
馳星周　神奈備
羽田圭介　御不浄バトル
畠中恵　うずら大名
畑野智美　国道沿いのファミレス
畑野智美　夏のバスプール
畑野智美　ふたつの星とタイムマシン

はた万次郎　北海道青空日記
はた万次郎　ウッシーとの日々 1
はた万次郎　ウッシーとの日々 2
はた万次郎　ウッシーとの日々 3
はた万次郎　ウッシーとの日々 4
花井良智　美しい隣人
花井良智　はやぶさ　遥かなる帰還
花村萬月　ゴッド・ブレイス物語
花村萬月　渋谷ルシファー
花村萬月　風転(上)(中)(下)
花村萬月　虹列車・雛列車
花村萬月　錏《あ》娥《が》哢《る》奼《た》(上)(下)
花家圭太郎　八丁堀春秋
花家圭太郎　日暮れひぐらし　八丁堀春秋
帚木蓬生　エンブリオ(上)(下)
帚木蓬生　インターセックス

帚木蓬生　賞の柩
帚木蓬生　薔薇窓の闇(上)(下)
帚木蓬生　十二年目の映像
帚木蓬生　天に星 地に花(上)(下)
帚木蓬生　安楽病棟
帚木蓬生　やめられない ギャンブル地獄からの生還
浜辺祐一　こちら救命センター 病棟こぼれ話
浜辺祐一　救命センターからの手紙 ドクター・ファイルから
浜辺祐一　救命センター当直日誌
浜辺祐一　救命センター部長ファイル
浜辺祐一　救命センター「カルテの真実」
葉室　麟　冬　姫
葉室　麟　緋の天空
早坂茂三　政治家 田中角栄
早坂茂三　オヤジの知恵
早坂茂三　田中角栄回想録

林　修　受験必要論 人生の基礎は受験で作り得る
林　望　リンボウ先生の閑雅なる休日
林真理子　ファニーフェイスの死
林真理子　トーキョー国盗り物語
林真理子　東京デザート物語
林真理子　葡萄物語
林真理子　死ぬほど好き
林真理子　白蓮れんれん
林真理子　年下の女友だち
林真理子　グラビアの夜
林真理子　失恋カレンダー
林真理子　本を読む女
林真理子　女文士
林真理子　フェイバリット・ワン
早見和真　ひゃくはち
早見和真　6 シックス

原　宏一　ムボガ
原　宏一　かつどん協議会
原　宏一　極楽カンパニー
原　宏一　シャイン！
原　民喜　夏の花
原田ひ香　東京ロンダリング
原田ひ香　ミチルさん、今日も上機嫌
原田マハ　旅屋おかえり
原田マハ　ジヴェルニーの食卓
原田マハ　フーテンのマハ
原田マハ　リーチ先生
原田宗典　優しくって少しばか
原田宗典　スバラ式世界
原田宗典　しょうがない人
原田宗典　日常ええかい話
原田宗典　むむむの日々

集英社文庫

やってみなきゃ　よろず相談屋繁盛記《そうだんやはんじょうき》

2019年9月25日　第1刷　定価はカバーに表示してあります。

著　者　野口《のぐち》　卓《たく》

発行者　徳永　真

発行所　株式会社　集英社
東京都千代田区一ツ橋2-5-10　〒101-8050
電話　【編集部】03-3230-6095
【読者係】03-3230-6080
【販売部】03-3230-6393（書店専用）

印　刷　図書印刷株式会社

製　本　図書印刷株式会社

フォーマットデザイン　アリヤマデザインストア　マークデザイン　居山浩二

ISBN978-4-08-744028-7 C0193